Ho deciso che Kimpa e la coniglietta fatata sono i miei animali totem. Dedico questo volume a Mirko: non sei più con noi, ma ho la sensazione che tu mi stia ancora aiutando... Non ti dimenticheremo.

Per arrivare a Luminys abbiamo dovuto attraversare la Francia, l'Italia e perfino il Canada. Che viaggio! E soprattutto, che gioia scoprire che le risate e l'avventura possono attraversare ogni confine e creare un legame così forte con gli abitanti del meraviglioso mondo dell'immaginario!

RABBIDS – LUMINYS QUEST VOL. 1
di Mr Tan e Federica Di Meo

Traduzione: Arancia Studio
Lettering: Gianluca Grasso

Edizioni Star Comics s.r.l. Strada delle Selvette 1/bis 1, 06134 Bosco (Perugia).
Distributore per le fumetterie: **Starshop Distribuzione s.r.l.**, via del Piombo 30, 06134 Ponte Felcino (Perugia).
Distributore per le librerie: **A.L.I. - Agenzia Libraria International s.r.l.**, via Milano 73/75, 20010 Cornaredo (Milano).

Finito di stampare nel mese di settembre 2022 presso Aquattro Servizi Grafici - Chivasso (TO).

Continua...

BADA...

BADA?
SCAPPATE!
TAP
AHEM
UHM. AMICI...
A VOLTE FACCIO PRO-PRIO FATICA A CAPIRLI...
EUH...
TAP TAP TAP TAP TAP TAP TAP
PER UNA VOLTA SONO D'ACCORDO, OBBEDIAMOLE!
BWAH!
CRASH
BWAA-AAH!
BWAA-AAH!
BWAA-AAAAA-AAH!

PERCHÉ SEI COSÌ STRANO ALL'IMPROV-VISO?
CHE TI PRENDE?!
PRESS
QUI NON C'È NIENTE! COME VEDI, È IMPOSSIBILE ATTRAVERSARE I PONTI!
SENTI, PENSO CHE SIA MEGLIO PARTIRE DALLA CITTÀ DELL'EST. DICONO CHE SIA MOLTO BELLA, TRA L'ALTRO!
TUTTA DI PIETRA, LINEE MOLTO FREDDE E AUSTERE, TI PIACERÀ MOLTISSIMO!
GRAB
BADA?
DAM
FERMATI! VOGLIO SAPERE CHE SUCCEDE QUI!
OK...
BRRR
ORA CAPISCI?
BRRR BRRRR

SHHH, NON FATE RUMORE. SEMBRA CHE PRO-VENGA DA LÀ...
NON TI MUOVERE, MANCA POCO CHE TI INGHIOTTA!
TAP
FRSH
BWOB
THUMPH
LEON, È IL TUO STOMACO?
HAI SENTITO QUESTO RUMORE?
ALLORA? HAI VISTO QUALCOSA?
CLIC
CLIC
HOP
BWAH!
CLIC
THUMP
FORSE...
COS'È QUESTO RUMORE.
TEO? CHE COSA HAI VISTO?
BRRR—R

VISTO? HO TROVATO LA CITTÀ SFERICA!
SPLENDIDO! E SUPPONGO CHE TU SAPPIA ANCHE COME RAGGIUNGERLA?
WHOOSH
BE', CERTO, BASTA PRENDERE I PONTI SOSPESI!
INTENDI DIRE QUELLI CHE SI TROVAVANO LÀ DAVANTI E SONO SCOMPARSI?
ESATTAMENTE! QUELLI CHE ERANO LÀ DAVANTI E SONO SCO... EH? COME?
MA DOVE SONO?
DOOON
È IMPOSSIBILE, QUEI PONTI SONO PROTETTI MAGICAMENTE!
ALLORA NE DEDUCO CHE QUALCOSA DI ANCORA PIÙ MAGICO È PASSATO DI LÀ...
QUALCOSA CHE LI HA DEMOLITI?
NO, GUARDA QUELLE TRACCE... SEMBRA QUASI CHE LI ABBIANO...
MANGIATI.
CLIC
CLIC

DOBBIAMO RESTARE INSIEME!
ASPETTATE, COSA FATE?
BWAAH?
BWAAH?
TAP
TAP
TAP
TAP
FRSH
GRRR... INIZIO GIÀ A RIMPIANGERE AZELLE...
NON PENSARCI NEMMENO, IO NON PRENDONO ORDINI DA NESSUNO!
FRASH
DIGLI DI TORNARE!
LASCIA PERDERE, OBBEDISCONO SOLO A ME.
TAP
TAP
FRA
SH
L'ULTIMA VOLTA CHE AVETE FATTO QUESTE FACCE È QUANDO...
BWAAAAH...
QUANDO...
QUANDO SIAMO ARRIVATI NEI PRESSI DI UN CRISTALLO.
BINGO!

BADA!
DOBBIAMO ESSERE VICINI, PROBABILMENTE AZELLE SORVEGLIAVA LA CITTÀ E ASPETTAVA IL NOSTRO ARRIVO.
SAI DA CHE PARTE DOBBIAMO ANDARE?
BADA-BWAH!
TAP
FRSH
NESSUNO BADA BADA BWAH TROVATO NELLE VICINANZE. VOLETE AFFINARE LA VOSTRA RICERCA?
DOOM
BADA?
BADA BADA BWAH!
PER FAVORE, SPECIFICATE LA VOSTRA DESTINAZIONE.
DO DO DOOM
AMBARABÀ CICCÌ COCCÒ...
ASPETTA, POSSIAMO UTILIZZARE UN METODO ASSOLUTAMENTE INFALLIBILE...
BENE, IO DICO DI ANDARE DA QUELLA PARTE.
FRASH
TAP TAP
ECCO COSA HO TROVATO SU INTERNET PER "BADA".
Gurgle
TODOOOM
BWAAH...

EUH
QUI VA PER LE LUNGHE, QUAND'È CHE SI FA A BOTTE?
CALMATI, LEON, CREDO CHE TU SIA ANCORE UN PO' STORDITO...
BENE, MA CON CALMA, EH. SI VEDE CHE ORMAI SEI A TANTO COSÌ DALL'IN-NAMORARTI DI ME, QUINDI...
GRRRR!
BENE, SE NON ALTRO SIAMO SICURI CHE NON SCAPPE-RETE UN'ALTRA VOLTA!
SBAAM
BADA!
BWAA-AAH!
NON TRATTARMI COME UN DEBOOO...

BWAH!
NO!
PENSI FORSE CHE STAMATTINA, QUANDO MI SONO SVEGLIATO, MI ASPETTASSI DI DOVER PORTARE IL PESO DEL FUTURO DEL MONDO SULLE SPALLE?
BWAAAAH!
NO!
PENSI FORSE CHE MI ASPETTASSI DI AFFRONTARE DEI MOSTRI TERRIFICANTI E DI RISCHIARE LA MORTE A OGNI PASSO?
BADA?
CERTO CHE NO!
E PENSI FORSE CHE MI IMMAGINASSI DI DIVENTARE IL PROTETTORE E L'UNICA SPERANZA DI UN GRUPPO DI GUARDIANI LEGGENDARI E TOTALMENTE IDIOTI PROVENIENTI DA UN'ALTRA DIMENSIONE?
TSS
ECCO, UNO TENTA DI ESSERE GENTILE CON TE E TU FAI LA SPIRITOSA...
SCUSAMI, HAI RAGIONE.
È GENTILE DA PARTE TUA VOLERMI TIRARE SU DI MORALE.
QUINDI, FORZA! SE TI SENTI SMARRITA, USAMI PURE COME ESEMPIO!
PER DIVENTARE UN MODELLO DI EGOCENTRISMO E DI AVIDITÀ?

PER CONTRO, RICORDATE CHE LE ERBACCE RICRESCO-NO IN FRETTA!
IL LATO POSITIVO È CHE AZELLE HA DOVUTO LASCIARCI IN PACE PER UN PO'...
POIN
BWAAH!
E VA BENE, TI PERDONO...
PAF PAF
AZELLE MI HA QUASI UCCISA, SE LEON NON SI FOSSE FRAPPOSTO, SAREI MORTA...
E INVECE È STATO LUI A ESSERE FERITO!
NON PREOCCU-PARTI, LEON HA LA PELLE DURA!
SONO UNA BUONA A NULLA...
PERCHÉ FAI QUELLA FACCIA?
MA FAI DEL TUO MEGLIO.
E QUESTA È LA COSA CHE CONTA.
SENTI, AMMET-TO CHE SEI TESTARDA COME UN MULO E CHE A VOLTE MI FAI VENIRE VOGLIA DI FICCARMI UNA FORCHETTA NELL'ORECCHIO E DI GIRARE FINCHÉ...
VA BENE, HO CAPITO IL CONCET-TO, CREDO.

SÌ, BE', E ALLORA?
IO HO APPENA SBATTUTO IL GOMITO, LO SAPEVATE?
FLASH
VI SONO MANCATO?
GUARDATE! LEON RIPRENDE CONOSCENZA!
VE L'HO GIÀ DETTO CHE HO RISCHIATO DI MORIRE?
NON CONTARE SU DI ME PER UN ABBRACCIO!
NON POTREMO CONTARE OGNI VOLTA SULLA MAGIA, MA GRAZIE A TE, LEON È SANO E SALVO!
BADAA-AAA!
GRAB

GRAB
PENSI CHE LA MAGIA CURATIVA DEL CRISTALLO POSSA...
EHI, MA CHE FAI?!
DLIN
BADA!
FROSH
CLING
LEVEL UP!
GLOUB
KWIIN
WIIIN
KWIIN

ASPETTA...
LASCIALO FARE, FORSE VUOLE AIUTARCI!
PENSI VERAMENTE CHE SIA IL MOMENTO DI DARSI ALLA MUSICA?
BADA! BADA!
GRAB
SH
BADA!
GRAB
LA TUA MAGIA È ANCORA DEBOLE... MA GRAZIE PER AVERCI PROVATO.
PAF
BADA...
PLOP
PLOF
PLOC
PLIN

NON VEDI CHE ABBIAMO ALTRI PRO-BLEMI?
VUOI STARE ZITTO UN MINUTO?!
SAPETE CHE VI DICO, IO...
SONO SOLO IN PIENA SINDRO-ME DA STRESS POST-TRAUMATICO, DOPOTUTTO!
HO LE ALLUCINAZIONI, MA NO, NON AIUTATEMI, PREGO...
PAF PAF
OH, LÀ, LÀ, FERMATE I VIOLINI! BASTA USARE UNA MAGIA DI GUARIGIONE ED È TUTTO A POSTO!
STOP
FA FREDDO, VERO? TANTO FREDDO...
PAF
BADA...
BADA-BWAH!
AHI!
MA CHE TI PRENDE?!
BAM
NON MI RESTA PIÙ ENERGIA MAGICA, L'HO USATA TUTTA PER COM-BATTERE CONTRO AZELLE...
GRAB
AH, QUESTO È IRRITANTE, ALLORA.
EHM, COSA AVEVO DETTO A PROPOSITO DEI VIOLINI? NO!

KRAM
AVRETE QUELLO CHE VI MERITATE!
KRAM
TORNERÒ PIÙ FORTE, PIÙ FEROCE DI ADESSO E VI DISTRUGGERÒ!
PER LA VOSTRA CONDANNA A MORTE.
SWISH
WHAM
LA PROSSIMA VOLTA, VEDRETE DI CHE PASTA È FATTA MADRE NATURA...
AVRETE UN POSTO IN PRIMA FILA...
WHAM
WHAM
BWAA-AAAH!

SEMBRAVA UN ANIME A BASSO BUDGET SU UN CANALE VIA CAVO...
HO VISTO TUTTA LA MIA VITA PASSARMI DAVANTI...
NON CI CREDO!
NON MI HAI ATOMIZZATO!
FSSSHH
RAZZA DI INSETTI, COME AVETE OSATO...
BWAH!
VIUP
ME LA PAGHERETE... OH, SÌ, VI STACCHERÒ LA TESTA, LE GAMBE, LE BRACCIA, I...
HAI MAI PENSATO DI FARE DELLA TERAPIA PER QUESTA RABBIA? NO, PERCHÉ...
TORNERÒ A FINIRVI... CARNAGE VUOLE SOLO IL CRISTALLO, MA ORA È UNA QUESTIONE PERSONALE...
IO VI...
KRR
KRR
EHM... NON MI SEMBRI MOLTO IN FORMA, HAI BISOGNO DI ESSERE RINVASATA? COME TI SENTI?
I RISULTATI DEVASTANTI DELL'EFFETTO SERRA SULLA NATURA! EPPURE C'È ANCORA CHI CREDE CHE IL RISCALDAMENTO CLIMATICO SIA UNA...
TEO, STA' ZITTO!

BWAA AAHH!!!

IL CRISTALLO...
WHAAA
AAAA
CHI CREDE DI IMPRESSIONARE CON LA SUA DANZA MAORI, QUELLA?
WHOUSH
WHOUSH
WHOUSH
WHOUSH
WHOUSH
WHOUSH
WHOUSH
BOOM

LEON, MI DISPIACE, SCUSAMI...
È COLPA MIA!
BADAA!
CHE COSA HAI...
UNGH!
IL TUO COMPAGNO HA LA PELLE DURA, FORTUNATAMENTE PER LUI.
BADA... BADA... BADAAAAA!
DDON
HA RAGIONE LEI, NON SONO ABBASTANZA FORTE PER PROTEGGERVI...
E TU CHE VUOI ADESSO, DIAVOLETTO?

NÊ A QUELLO CHE HO IN SERBO PER TE!
ATTENTA, KIMPA!
BWAAAAH!
GAME OVER, MOCCIOSA!
GWAH!!!
LEON!
BADAA-AAA!

LEON... IO... NON HO PIÙ...
AL TUO PADRONE PUOI ANCHE DIRGLI CHE CI FA UN BAFFO! SE È TANTO POTENTE, CHE PORTI QUI IL SUO POSTERIORE, LO RIDUCO IN PAPPETTA!
FSH
GROAR!
BADA?
NON AGITARTI, CI PENSO IO.
EHM... GENTE?
KIMPA, FERMATI, NON SEI IN CONDIZIONI DI COMBATTERE.
DEVO COMBATTERLA E PROTEGGERVI.
BADA!
BWAH!
AZELLE NON HA PIÙ LE SUE LIANE.
OUFF
MMH, CHE PIACERE PENSARE A TUTTO IL MALE CHE STO PER INFLIGGERVI...
NON SEI ALL'ALTEZZA... NIENTE DI QUELLO CHE HAI IMPARATO TI HA PREPARATO ALLA VITA VERA.
DOVRESTI ASCOLTARE IL COLOSSO...
GUARDATI, SEI SOLO UNA RAGAZZINA.

EHI, QUALCUNO POTREBBE DARMI UNA MANO?
NON È QUESTO IL MOMENTO, IMBECILLE!
WIII
BADA!
PAF
BWAH!
ORA CI DIRAI TUTTO! DOV'È CARNAGE?!
WIII
E INVECE, POVERA RAGAZZINA, TU NON SAI NIENTE... NIENTE DI NIENTE.
E SE PENSI CHE QUESTI GIOCHETTI DI PRESTIGIO MI TRATTERRANNO, TI SBAGLI DI GROSSO...
FRSH
FSH
VEDI, È PROPRIO QUELLO CHE DICEVO...
VOI SIETE CONVINTI DI SAPERE TUTTO SULLA MAGIA... DI CONTROLLARE QUESTO MONDO...
WIII
FIRU FIRU
FERMATI... NON... NON DOBBIAMO ARRIVARE FINO A QUESTO!
IO NON... NON TI LASCERÒ... PRENDERE...
HAA...
LA MAGIA LOGORA IL TUO CORPO E ALIMENTA IL MIO...
POTRAI RESISTERE AL MASSIMO QUALCHE MINUTO...
POI, AVRÒ L'IMMENSO PIACERE DI STRAPPARTI IL CUORE ANCORA CALDO DAL PETTO!
WIII
CRAC

AGH!
LASCIA PARLARE I GRANDI, SE NON TI DISPIACE...
KRIRRR
MGH!
RR
BEN DETTO! NON SEI RIUSCITA A CONVINCERE LEON... MA TI CONFESSO CHE TROVO MOLTO SENSATE LE TUE PAROLE...
BWA!
NON DIRE ALTRO, TEO!
CLAP CLAP
MMH... CREDO CHE TU NON ABBIA COLTO BENE LA SITUAZIONE... MI BASTA UN SOLO GESTO PER SQUARTARTI DALLA TESTA AI PIEDI COME UN VOLGARE PEZZO DI...
LIBERAMI E TI AIUTERÒ!
FRDSH
DETESTO QUEGLI IDIOTI TANTO QUANTO TE!
STO CON LORO SOLO PER SFRUTTARLI! APPROFITTARE DELLA LORO STUPIDITÀ!
TI HO VISTO INSIEME A LORO NELLA CITTÀ DEL NORD... CHI CREDI DI PRENDERE IN GIRO?
KRRRR
OH NO... NON DUBITO AFFATTO DELLE TUE CAPACITÀ.
MA ANCHE TU HAI DIFFICOLTÀ A CON-CENTRARTI SU DUE COSE ALLO STESSO TEMPO.
HUH
EH?

SWISH
BADABA! BWAH! BADA!
PON PON
IO HO DECISO DI AIUTARE GLI UMANI... E PROTEGGERÒ IL MIO BEL PASTICCINO STELLATO FINO ALLA FINE!
BADA! BADA!
FROSH
FROSH
CRAC
PON
NON PROVARE A CONFONDERMI IL CERVELLO! TE LA FARÒ PAGARE!
PON
BADAA-AAAA!
BWAA-AAAA!
SWISH
KRR.
MISEREVOLE AMMASSO DI CARNE...
TU NON HAI PROPRIO NIENTE DA CON-FONDERE...

Capitolo 6
Voi non ne sapete niente di magia

Rabbids
LUMINYS QUEST

È ORA DI FARLA FINITA!

GRAB
BWAH!
NON CI PENSARE, È UNA QUESTIONE TRA MISS CAMPING E ME!
WIII
BADA!
STRAP
BADA BADA!
GRAB
MI INFASTIDITE...
COMINCIO AD AVERNE ABBASTANZA DI TUTTI VOI...
NON PICCHIO MAI LE SIGNORINE, MA CON TE FARÒ UN'ECCEZIONE!
LA MIA BACCHETTA!
VIUP
SWISH

NON SFORZARTI TROPPO, TANTO NON PUOI SCONFIGGERMI...
DEVO FARTI UNA SOLA DOMANDA... E TI CONSIGLIO DI RISPONDERMI, SE VUOI UNA MORTE RAPIDA...
TCHAC
OUFF
NON TI DIRÒ MAI DOVE SI TROVA IL CRISTALLO!
ZHA
NON È QUELLO CHE MI INTERESSA...
IL CRISTALLO? IDIOTA, QUELLO POSSO TROVARLO DA SOLO...
NO, VOGLIO SAPERE DOVE HAI TROVATO QUEL COSO CHE INDOSSI! HO BISOGNO DI UNO STRACCIO PER LAVARE I PAVIMENTI DELLA MIA GROTTA E QUELLO SAREBBE PERFETTO!
EH? MA...
NON POSSO GUARDARTI TROPPO A LUNGO, MI BRUCIA LA RETINA!
NON È POSSIBILE ESSERE COSÌ SCIATTI!
FORSE SARAI PIÙ CARINA QUANDO TI AVRÒ APERTA IN DUE!
VLAM
NO!

AZELLE! IO... NON HO PAURA DI TE!
OH, NON AGITARTI, MY DARLING, PRESTO L'AVRAI!
MA GUARDA UN PO', PARE CHE I TUOI AMICI SIANO FINITI IN UNA BRUTTA SITUAZIONE...
LIBERA I MIEI AMICI! IMMEDIATA-MENTE!
KRR
E MI DÀ ANCHE DEGLI ORDINI, PER DI PIÙ!
BADA BADA BADA!
PERCHÉ, CAPISCI, GLI UNICI ORDINI CHE ACCETTO SONO QUELLI DEL MIO PADRONE...
E, CREDIMI, QUELLI CHE MI HA DATO NON TI PIACERANNO!
KRR
È PROPRIO IL GENERE DI COSE CHE MI...
...IRRITA.
KRR

MA CHE SUCCEDE?!

PERFINO GLI ALBERI CRESCONO TRASVERSALMENTE.
È TALMENTE POTENTE CHE TRASFORMA TUTTA LA REGIONE CIRCOSTANTE!
SÌ, C'È UN CRISTALLO ENORME!
CLING CLING
BWAAAAH!
VEDRETE, STANDO A QUELLO CHE HO LETTO SUI LIBRI, LA CITTÀ SFERICA È UN POSTO FANTASTICO!
BADA?
NON SMETTONO MAI DI CRESCERE...
AVETE VISTO?
FRSH
QUESTI RAMI NON...
MA UN MOMENTO, A PROPOSITO DI ALBERI...
NON TROVATE ANCHE VOI CHE QUESTA FORESTA SIA UN PO' STRANA?
SHHHH
AMICI? SIETE QUI?
BADA?

POSSIAMO ARRIVARE ALLA CITTÀ SFERICA ENTRO LA FINE DELLA GIORNATA!
MA SÌ, IN EFFETTI NON È COSÌ LONTANO...
AH, GUARDA, TENEVI LA MAPPA ALLA ROVESCIA...
BADAA...
DOOOOM
DIARIO DI VIAGGIO
HA HA HA HA HA
AH! ANZI, C'È ANCHE UNA SCORCIATOIA!
AAAAH!
SWISH
LEON, POTRESTI...
TAP
ALLORA... C'È QUALCUNO CHE HA VOGLIA DI UN BARBECUE? LUI NON SENTIRÀ NIENTE E IO HO UN CERTO LANGUORINO...
NESSUN ALTRO HA FAME?
SÌ, LO SO... CI PENSO IO...
TAP
TAP
TAP TAP
DIARIO DI VIAGGIO

TA-DAAM
BADA-BWAAH!
PUOI APPENDERCI SOPRA UN UNICORNO?
QUALCOSA DI PIÙ GRANDE! PIÙ SOLIDO! PIÙ RAPIDO!
IO CREDO IN TE... PUOI FARE DI MEGLIO!
NON SO SE RISPETTA A TUTTI GLI EFFETTI LE NORME DI SICUREZZA...
HOP
BADA!
DOM
AH, QUESTO È OTTIMO!
MA SERVIREBBE UN MODELLO UN PO' PIÙ GRANDE...
HO L'IMPRESSIONE CHE MANCHI QUALCOSA...
BADAA!
CHACTAC
CHAC TAC TAC
DOOM
BE', UHM... COME DIRE... SE ASPETTIAMO CHE LA MAREA ARRIVI FIN QUASSÙ, NON ARRIVEREMO MAI...
BADAA!
BWAH!
BWIIIIIIII... BWIIII

TA-DAAM
BADA-BWAAH!
NON PENSO CHE CARNAGE CI PRENDA SUL SERIO SE CI VEDE IN SELLA A QUELL'AFFARE!
VROUM
VROUM
PERÒ IMMAGINALA GRONDANTE DEL SANGUE DEI NOSTRI NEMICI!
BADA!
ZAC
BADA-WA!
GLOU
BADA...
TRUC

NON RIUSCIRESTI AD ASSEMBLARE UN MEZZO DI TRASPORTO USANDO TUTTA QUESTA ROBA?
FROSH
BADAA!
EHI, TU, VIENI A VEDERE!
BADA!
L'IDEA DEI COLORI LA TENIAMO, GRAZIE, LEON.
IO CI VEDREI BENE UN CARRO PIENO DI COLORI, CON DELLE PICCHE SU CUI IMPALARE I NOSTRI AVVERSARI, SMEMBRARLI E...
PAF
TLONK
BWAAH!
TAC
TRUC
FRUP
FZZZT
BADA-WA!
PAM PAM PAM
BA BA BA!
PAM
BAAA-DAAA!
TRUC TRUC

NON CI CREDO...
NON ERI MAI USCITA DALLA CITTÀ DEL NORD?
MIAM
PESHTE COSHA?
NON ERI MAI STATA FUORI?!
NON ESHATTA-MENTE..
ORA NON SEI IN UNA CITTÀ DELLA LUCE, QUESTO È IL MONDO REALE!
CON MOSTRI REALI E PERICOLI REALI!
E CICLOPI REALI CHE SI ANNOIANO DA MORIRE MENTRE VOI PERDETE TEMPO...
BADA!
QUI, GUARDA!
THUP
MMMH... BASTEREBBE SEGUIRE QUESTA STRADA E..
OH, LÀ, LÀ, È STRANAMENTE LONTANO, IN EFFETTI...
E VA BENE, DAMMI LA MAPPA, ADESSO FACCIO STRADA IO!
SONO CIRCONDATO DA INCAPACI...
GRAB
FAMMI DARE UN'OCCHIATA, IO SONO BRAVISSIMO A METTERMI NEI GUAI!
SE SCELGO UNA DIREZIONE, PUOI STARE SICURO CHE I PROBLEMI STANNO DA QUELLA PARTE!

TAP
MA VI RENDETE CONTO?
SCRIVEREMO LA STORIA DI LUMINYS!
TAP
THUMP
THUMP
SWISH
DIARIO DI VIAGGIO
BWAH!
FIUT
OH, GUARDA, CHE FIORE È QUE-STO?
SNIFF
I NOSTRI PENSIERI, LE NOSTRE SCOPERTE...
NEI SECOLI DEI SECOLI, NEI LIBRI SI RACCON-TERÀ LA STORIA DELLE NOSTRE PERIPEZIE...
DOBBIAMO TRAMANDARE OGNI COSA...
VUOI DIRMI CHE HAI ANNUSATO UNA PESTE BUBONIA?
È NORMALE CHE NON MI SENTA PIÙ IL VISO?
BWAA-AAH!
BWAA-AAH!

SONO IO LA GUIDA, E HO DECISO CHE ANDREMO PER DI LÀ!
SHA
MA NON HA SENSO, DOBBIAMO ANDARE DI QUA!
NON STIAMO MICA ANDANDO IN VACANZA AL MARE! LA STRADA È QUESTA!
VIUP
BADA?
BADA?
BENE, LASCIAMO DECIDERE IL CRISTALLO! È COLLEGATO ALL'AURA MAGICA DEGLI ALTRI CRISTALLI...
CI DIRÀ QUAL È IL PIÙ VICINO!
FR SH
BADA...
BADAA...
WIIIR
VISTO? AVEVO RAGIONE. DOBBIAMO ANDARE DA QUESTA PARTE.
QUESTA FINE DEL MONDO, TUTTO SOMMATO, NON È POI UNA CATTIVA IDEA.
TAP
TAP

ASPETTA, COME HAI FATTO A CAMBIARTI COSÌ IN FRETTA?
TAP
TAP
TAP
UNA SACERDOTESSA DEVE ESSERE PRONTA A TUTTE LE SITUAZIONI!
BADA?!
UMF
NON PRENDERTELA, MIA STELLA SPLENDENTE, HA TROPPI OCCHI PER ME!
BENE, ECCO IL PERCORSO CHE HO STUDIATO... DOVREMMO ARRIVARE ALLA PROSSIMA CITTÀ TRA QUALCHE GIORNO!
UN MOMENTO, CHI TI HA NOMINATA CAPO?
BWAH?
BWAH!
DOM
NON CI CREDO, RICOMINCI CON LE TUE BAMBINATE?
NON CI CREDO, RICOMINCI CON LE TUE BAMBINATE?
NON SO COME FAI A RISULTARE COSÌ INSOPPORTABILE!
È RIDICOLO!
È RIDICOLO!
SEGUO IL TUO ESEMPIO! ERA QUELLO CHE VOLEVI, NO?
CHE TUTTO IL MONDO FOSSE MATTO COME TE!
BLA
BLA
BLA

FLAP
FLAP
TAP
HAN HAN...
BADA!
ALLORA, SPERAVO CHE L'AVESTE FINITA CON QUESTO GIOCHETTO DI ANDARVENE PER CONTO VOSTRO!
OUFF
DUFF
EHI! ASPETTATEMI!
TAP
TAP
BWAH!
A VOI INTERESSAVA IL GRANDE CRISTALLO...
NON AGITATEVI, CE NE SONO ALTRI. LI TROVEREMO.
BADA! BADA-BWAH!
VIUP
AH, ORA CAPISCO...
CARNAGE, TI PREGO, TRO-VAMI PRESTO E FINISCIMI!
SI VA DI LÀ PER FARE A BOTTE?! QUALCUNO HA PORTATO QUALCOSA DA MANGIARE? QUANDO ARRIVIAMO? POSSIAMO FARE UNA PAUSA PIPÌ?
AH, ECCOVI QUI!
BLA BLA BLA

DOM
PERCHÈ I GUARDIANI SONO GIÀ PARTITI, E SE VOGLIAMO RAGGIUN-GERLI, DOBBIAMO METTERCI IN MARCIA SUBITO.
E POI, SAI UNA COSA, CREDO CHE NON SIA IL CASO DI DISCUTERNE OLTRE.
VIUP
NON TI AGITARE, TEO! AVRAI LA RICOMPENSA CHE TI MERITI!
GRAB
E VA BENE, VA BENE, MA LA MIA RICOMPENSA DOVRÀ ESSERE RADDOPPIATA!
ANZI, TRIPLICATA!
TAP TAP
AH NO? E PERCHÈ?
QUELLO CHE TI ATTENDE ALLA FINE DI QUESTO VIAGGIO NON HA PREZZO, AMICO MIO.
BUONA FORTUNA. LUMINYS HA BISOGNO DI...
L'USCITA... È DI QUA, AMICI!
PAF
EHM, SCUSATE, ABBIAMO SBA-GLIATO PORTA...
VOI?!

DOM!
SE C'È DA MENARE LE MANI, VENGO ANCH'IO!
ASPETTATE, ASPETTATE, ASPETTATE...
NON C'È BISOGNO DI UNA ROMPI-SCATOLE...
SIAMO AL COMPLETO, VEDI?
COME DIRE...
BADA!
IN OGNI CASO, NESSUNO HA CHIESTO IL TUO PARERE. I GUARDIANI AVRANNO BISOGNO DI TUTTO L'AIUTO CHE POSSIAMO FORNIRGLI.
HO GIÀ FATTO LE VALIGE! NON POSSO LASCIARE LA LUCE DEL MIO OCCHIO INDIFESA!
SE A TE NON VA BENE, PUOI DISCUTERNE CON I MIEI PUGNI!
VIUP
PRFFT!
NON VI SEMBRA CHE ATTIRIAMO GIÀ ABBASTANZA L'ATTENZIONE? DOBBIAMO PORTARCI DIETRO ANCHE UN GROSSO GIGANTE E UN'ARPIA?!
IO SONO IL BEL GIGANTE, TU L'ARPIA...
L'AVEVO CAPITO, GRAZIE.
LA FORZA DEL SIGNOR LEON PUÒ TORNARVI UTILE, COME ANCHE LE CONOSCENZE DELLA NOSTRA SACERDOTESSA.
CONOSCE IL CRISTALLO MEGLIO DI CHIUNQUE ALTRO QUI.
INSOMMA, DITEGLIELO ANCHE VOI CHE NON È POSSIBILE!
OH, BE'...
NON È POI UNA CATTIVA IDEA.

HANNO APPENA... HANNO...
EUH
NIENTE PANICO! CE L'HO IO!
HOP, GUARDATE, ME LO METTO IN TASCA ED ECCO FATTO!
TLIN
BADA! BADA!
NON ESISTE CHE LO TENGA TU.
SERESTI CAPACE DI ANDARE A RIVENDERLO AL PRIMO MERCANTE PER STRADA!
GRAB
AH SÌ, E COSA PENSI DI FARE? NASCONDERLO NEL CASSETTO DEI CALZINI FINCHÉ NON TORNIAMO?
WOOOO
NON COSÌ IN FRETTA!
HO DETTO CHE...
HO SENTITO BENISSIMO...
HAI SENTITO?
EHI? C'È QUALCUNO?
NON CE NE SARÀ BISOGNO, IO VENGO CON VOI!
DOOM

LA PRESI-DENTESSA SA QUELLO CHE FA!
IL CRISTALLO È ESPLOSO?
WHAM
ECCO FATTO... CON DELICATEZZA...
WOO
ED È A VOI, GUARDIANI, CHE AFFIDO IL NOSTRO BENE PIÙ PREZIOSO.
IL CUORE DELLA NOSTRA CITTÀ DELLA LUCE...
WOOO
ASPETTATE, LA FONTE DI MAGIA DI TUTTI I PIANI DI LUMINYS ORA È RINCHIUSA IN QUEL MINUSCOLO PENDENTE?
È UNA VERSIONE PIÙ CONCENTRATA, MA ALTRETTANTO POTENTE...
BWAH!
SWISH
CROC
NO, NO, NON POTETE... NON DOVETE...
BADA?
IL NOSTRO FUTURO ORA È LETTERALMENTE NELLE VOSTRE MANI...
GRAB

È SOLO UN BASTONE DI FERRO TUTTO ARRUGGINITO...
E PENSARE CHE VOLEVI RIVENDERE UN OGGETTO TANTO STRAORDINARIO...
GRAB
EHM, SÌ...
FRSH
WOOO
FZZ
T
TI SBAGLI, GLI SCETTRI DEI MAGHI SONO MOLTO DI PIÙ DI SEMPLICI RELIQUIE DEL NOSTRO PASSATO...
SONO IL CUORE STESSO DEI LORO INCREDIBILI POTERI...
WAAA...
BADA!
MOLTO BENE, STATE TUTTI INDIETRO...
BWAH!
TEO, HAI SEMPRE CON TE LO SCETTRO DEL FUOCO DEL MAGO KLOAK?
DOVETE PARTIRE. FINTANTO CHE IL CRISTALLO RESTA QUI, LA CITTÀ È IN PERICOLO!
CARNAGE NON DEVE TROVARLO!
WHAM
ESISTE UN SOLO MODO DI METTERE GLI ABITANTI DI QUESTA CITTÀ AL RIPARO...
WHAA

KIMPA, INIZIO VERAMENTE A CREDERE CHE QUESTO RAGAZZO NON TI LASCI INDIF-FERENTE...
SHA
DATEMI ASCOLTO, DOVREMMO TROVARE ALMENO IL TEMPO DI SOTTOPORLO A UNA PERIZIA PSICHIATRICA, LO VEDETE ANCHE VOI CHE È COMPLE-TAMENTE SUONATO?!
ARGH
COSA? MA NIENTE AFFATTO, IO...
POF
SENTI, DEVO SALVARE IL MONDO, NON È QUESTO IL MOMENTO PER UNA RELAZIONE SERIA...
BASTA COSÌ!
NON POSSIAMO PIÙ CONCEDERCI IL LUSSO DI SCHERZARE...
TAP
SEGUITEMI FINO AL CRISTALLO...
NON C'È BISOGNO DI ESSERE UN CICLOPE PER VEDERE CHE HA FATTO COLPO SU DI TE!
GRRR!
BWAHA-HAHA-HAHA!
WHAAAM
E POI, NON SEI PROPRIO IL MIO TIPO.
TAP
TAP
BADAAA!
WAAAAA!
VENITE CON ME, PER FAVORE, IL TEMPO STRINGE...

VIUP
VIUP
BADAAAA BWAAAA-AAAH!
AVEVO APPENA FINITO DI RICOSTRUIRE IL MURO!
BADA!!! BADA!!! BADA!!!
FSSSH
SBONK
ALLORA, AVETE VISTO?
DITECI DOVE SONO E CI PENSEREMO NOI AI VOSTRI MOSTRI!
PENSI VERAMENTE CHE SARÀ COSÌ FACILE?
PIÙ FACILE CHE STRAPPARTI UN SORRISO, QUE-STO È CERTO!

PERFETTO!
DATEMI SOLO UN MINUTO...
SBLUCH
SBLUCH
VOILÀ!
ZAAAN
OH NO! AIUTO!
AZELLE È TORNATA!
BWAAAAH!
DOM

WO OO
BENE, IN PAROLE PO-VERE, SE HO CAPITO...
SI VA DI CITTÀ IN CITTÀ, SI PRENDONO I MOSTRI A CALCI NELLE CHIAPPE, SI RECUPERANO I CRISTALLI E BAM, ABBIAMO VINTO?
FRSH
IN PAROLE MOLTO POVERE, MA SÌ, QUESTO È IL CONCETTO.
MIMETIZZARSI È UN TALENTO!
OH, INSOMMA, OGNUNO SCARICA LO STRESS COME PUÒ, SMETTILA DI GIUDICARMI!
TSS
NON SO COME ABBIA FATTO A VE-DERLO TU, VISTO CHE SEI RIMASTO NASCOSTO PER TUTTO IL COM-BATTIMENTO.
OH, STATE TRANQUILLI, AVETE VISTO COME ABBIAMO MESSO A CUCCIA IL LUPO FENON IN DUE MINUTI?
VI DIMOSTRE-RÒ CHE I VOSTRI SOLDI SARANNO BEN SPESI!
GRAB
FSHhh
NON COMMETTETE IL NOSTRO STESSO ERRORE SOTTOVALUTANDO CARNAGE...
VOLETE UNA DIMOSTRA-ZIONE? NESSUN PROBLEMA!
BRAM
E POI ABBIAMO CON NOI I GUARDIANI! NON C'È NIENTE DA TEMERE! SALVARE IL MONDO È IL LORO MESTIERE...
VIUO

ECCO, ORA DITECI...
ACCETTATE DI AIUTARCI?
THUP
ECCO PERCHÉ IL NOSTRO MAGO HA TENTATO IL TUTTO PER TUTTO INVOCANDO I GUARDIANI DELLA LEGGENDA...
VIUUP
BADA-BWAH! BADA!
SPLAF
QUELLA... QUEL... QUEL GUARDIANO MI HA APPENA...
SHLAP
MA INSOMMA! BASTA!
GRAB
SE QUESTO VI PERMETTE DI RECUPERARE LE FORZE, VI AUTORIZZO A...
SCUSATELO, SIGNORA PRESIDENTESSA... È STATA UNA GIORNATA DURA PER TUTTI. DOPO L'ATTACCO, I GUARDIANI NON HANNO AVUTO IL TEMPO DI RIPRENDERE FIATO E...

SOLI E ISOLATI, I MAGHI DELLA LUCE NON POTRANNO FARE NIENTE CONTRO DI LUI...
SE CARNAGE ENTRA IN POSSESSO DEI CRISTALLI, NON POTREMO PIÙ FERMARLO.
ABBIAMO TENUTO NASCOSTE QUESTE INFORMAZIONI PER NON SPAVENTARE GLI ABITANTI DI LUMINYS. KLOAK PENSAVA CHE POTESSIMO AVERE LA MEGLIO SU UN SOLO MAGO...
ABBIAMO SCOPERTO TROPPO TARDI CHE ERA IMPOSSIBILE... CARNAGE HA DATO VITA A DELLE MINACCE TROPPO POTENTI...
WHAM

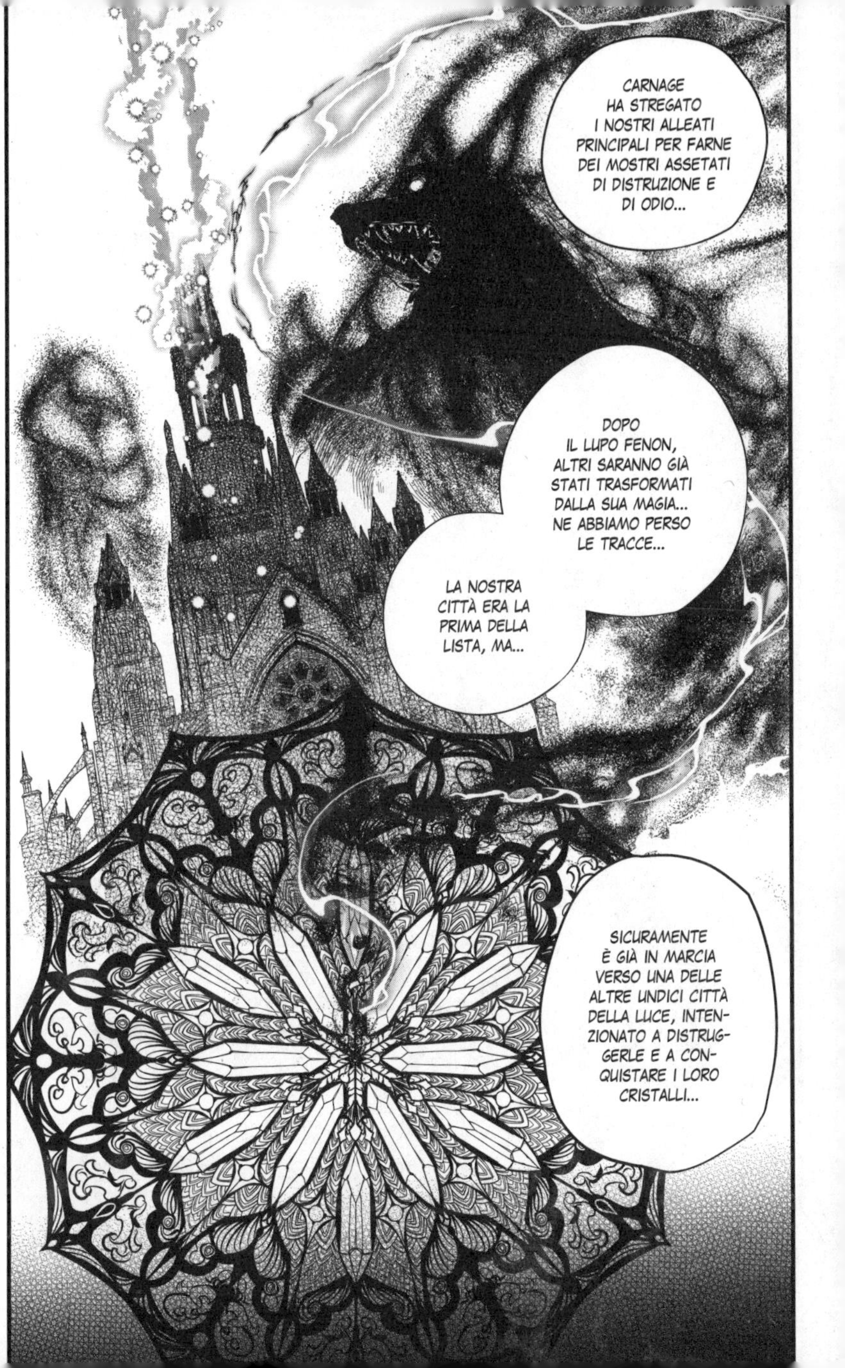
CARNAGE HA STREGATO I NOSTRI ALLEATI PRINCIPALI PER FARNE DEI MOSTRI ASSETATI DI DISTRUZIONE E DI ODIO...
DOPO IL LUPO FENON, ALTRI SARANNO GIÀ STATI TRASFORMATI DALLA SUA MAGIA... NE ABBIAMO PERSO LE TRACCE...
LA NOSTRA CITTÀ ERA LA PRIMA DELLA LISTA, MA...
SICURAMENTE È GIÀ IN MARCIA VERSO UNA DELLE ALTRE UNDICI CITTÀ DELLA LUCE, INTENZIONATO A DISTRUGGERLE E A CONQUISTARE I LORO CRISTALLI...

NON C'È PIÙ TEMPO PER I SEGRETI...
ASCOLTATEMI, È UN GRAVE MOMENTO...
VI RACCONTERÒ TUTTO QUELLO CHE SAPPIAMO...
CARNAGE ERA IL MAGO PIÙ POTENTE DELLA CITTÀ DELLA LUCE DELL'EST. CORROTTO DAL SUO STESSO POTERE, TRADÌ I SUOI DOVERI...
STANDO ALLE NOSTRE INFORMAZIONI, HA DATO VITA A QUATTRO GENERALI, TRATTI DAGLI ELEMENTI PRIMARI DI LUMINYS...
QUELLA CHE HA ATTACCATO LA NOSTRA CITTÀ OGGI SI CHIAMA AZELLE, UNA CREATURA DELLE PIANURE SELVAGGE...
MA NON È TUTTO...

HAI SEGNATO TUTTO, SÌ?
CI VORRÀ UN RIMBORSO PER GLI EMATOMI...
DUNQUE, CINQUE MOSTRI CON IL RIPORTO DI TRE, PIÙ UNA FINE DEL MONDO, MENO DUE ALLEATI...
BIP BIP BIP
BIP BIP
BADA!
E IO LI GUIDERÒ... ALLORA, VOGLIAMO PARLARE DEL MIO ONORARIO?
Cling
TA-DAAM
5.437.892
BADA-BWAH!
MOLTO BENE, ECCO IL MIO PREZZO, NON NEGOZIABILE.
TASSE INCLUSE.
AVRETE TUTTA LA NOSTRA RICONOSCENZA E GRATITUDINE, SARETE UN EROE PER TUTTI GLI ABITANTI DI...
UHM... NON VEDO NÉ IL TASTO DELLA RICONOSCENZA NÉ QUELLO DELLA GRATITUDINE SU QUELLA CALCOLATRICE... QUANTO FA?
VIUP
BADA!
FA SCHIFO!
HO DETTO "NON NEGOZIABILE"? ASPETTATE...
E VA BENE... FATEMI VOI UN'OFFERTA!
MA GIOVANOTTO, TUTTE LE RICCHEZZE DI LUMINYS NON BASTEREBBERO A COPRIRE QUELLA SOMMA...

WDOM
L'ULTIMA VOLTA CHE HO VISTO KLOAK, CORREVA IN SLIP PER LA FORESTA!
BWAA-AAAH!
DOVRAI AMMETTERE CHE È DIFFICILE CREDERE A QUESTA VERSIONE DEI FATTI...
MA VE LO GIURO!
BWAH!
SOLTANTO LUI SAPRÀ COME PROTEGGERE IL CRISTALLO DA QUELLE CREATURE.
TAP
SCUSATE!
PENSO CHE LA PRIORITÀ SIA DI RITROVARE IL NOSTRO MAGO...
NON DIMENTICATE CHE GLI SLIP SONO MOLTO PIÙ PRATICI PER...
IN SLIP? STRANO, AVREI DETTO FOSSE UN TIPO DA BOXER...
SI OCCUPERANNO LORO DI PROTEGGERE IL CRISTALLO.
I GUARDIANI CI HANNO DIMOSTRATO DI ESSERE DEGNI DI UNA TALE RESPONSABILITÀ.
VIUP
BADA?
BADA!
CARNAGE NON SI ARRENDERÀ TANTO FACILMENTE, TORNERÀ PRESTO! DOBBIAMO METTERE IL CRISTALLO AL SICURO, LONTANO DA QUI.
TEMO PROPRIO CHE NON CE NE SIA IL TEMPO, MIA CARA KIMPA...
DOBBIAMO AVVERTIRE LE ALTRE CITTÀ E AIUTARLE AD AFFRONTARE QUESTA MINACCIA.

QUESTA ERA L'ULTIMA TORRE.
SPLAF
WOOO
ANDIAMO A OCCUPARCI DEL QUARTIERE OVEST.
E LA GRANDE TORRE DI CRISTALLO?
L'ALTO CONSIGLIO PREFERISCE OCCUPARSENE PERSONALMENTE,
ANZI, MI CHIEDO COSA STIA SUCCEDENDO, LASSÙ...
WOO
WOO
AVANTI, DATEVI DA FARE! LA CITTÀ NON SI RICOSTRUISCE DA SOLA!
WOOO

Capitolo 5
L'unica speranza di Luminys
FLAP
WOOO
FLAP
WOOO
WHAM
SFLAP
SFLAP
WHAM
FLAP SFLAP
SPLAF
FLAP
FLAP

Rabbids
LUMINYS QUEST

BWAAH!
OUAF
OUAF

UN LUNGO VIAGGIO ATTENDE I GUARDIANI...
...E DOVRÀ ESSERE LUI A GUIDARLO?
VIUP VIUP
MA NOI, CHE NE SAPPIAMO DI LUI?
HA!
FLOP
E LUI STESSO SA CHI È IN REALTÀ?

ASCOLTATEMI, A PROPOSITO DI TEO... CREDO CHE CI NASCONDA QUALCOSA.
SORPRENDENTE, PARLANDO DI UN RAGAZZO CHE SI È PRESENTATO A NOI NEI PANNI DEL NOSTRO BENEAMATO MAGO KLOAK...
È QUALCOSA DI PIÙ IMPORTANTE, PENSO CHE...
NE PARLEREMO PIÙ TARDI, KIMPA.
PER ORA, ABBIAMO ALTRI PROBLEMI DI CUI OCCUPARCI.
USIAMO LA MAGIA DEL CRISTALLO PER RICOSTRUIRE LA CITTÀ!
RESTITUIAMOLE LO SPLENDORE CHE LE APPARTIENE!
AVETE SENTITO LA NOSTRA PRESIDENTESSA, METTIAMO A POSTO TUTTO QUESTO CAOS!
SHA
SHA
WHAAA

GUARDATE COME LO ADORANO I GUARDIANI...
KIMPA, SE LORO SI FIDANO DI LUI, ANCHE TU DEVI AVERE FEDE E CREDERE IN QUEL GIOVANOTTO...
POP POP POP POP
BADAHA HA HA!
RAZZA DI IDIOTI, HO GLI OCCHI PIENI DI PAILLETTES!
CLING CLING

DO~DOOM
FORSE AVREBBERO BISOGNO DELLA GUIDA MIGLIORE DI TUTTO LUMINYS, NO?
I VOSTRI GUARDIANI SEMBRANO AFFEZIONATI A ME...
VIIUP
BWA!
CHABADABA DA~BADABA
LEI È BELLISSIMA.
È INFIDO, È FURBO, È... È...
NON SE NE PARLA!
BE', È VERO CHE PER UN VIAGGIO COSÌ LUNGO CI SAREBBE BISOGNO DI...
VIUP
NO NO
ECCO, IO NON SAPREI...
LASCIATE CHE ME NE OCCUPI IO, SONO LA SACERDOTESSA DEL CRISTALLO DEL NORD... POSSO METTERE IN SICUREZZA E INFORMARE LE ALTRE CITTÀ DEL PERICOLO CHE INCOMBE...

ALTRI MOSTRI?
HA VERAMENTE PARLATO DI ALTRI MOSTRI?
DOBBIAMO AVVERTIRE LE CITTÀ VICINE... IM-PEDIRE CHE ACCADA UNA TRAGEDIA...
SE UN SOLO CRISTALLO DI LUCE CADE NELLE MANI DI CARNAGE, LUMINYS...
VERRÀ DISTRUTTO.
FRSSH
PER FORTUNA CHE HO PORTATO QUI I GUARDIANI, ALLORA!
TU NON ERI PARTITO?
VOLVEVO VEDERE COME ANDAVA A FINIRE TUTTA QUESTA STORIA...
TAP
GUARDIE, ARRESTATE QUELL'IM-POSTORE!
LE VOSTRE GUARDIE NON SONO IN CONDI-ZIONI DI FARE NIENTE...
E POI, SE PERMETTETE, CREDO CHE ABBIATE PROBLEMI PIÙ GRAVI AL MOMENTO...
AÏE

E L'UNICA COSA CHE RIMPIANGERÒ DEL TUO MONDO...
PRESTO, I DODICI CRISTALLI SARANNO NOSTRI.
TAP
...SARANNO QUESTI SPLENDIDI VESTITI!
TI PIACE? PENSAVO DI METTERLO AL TUO FUNERALE...
O MAGARI PER LA COPERTINA DEL VOLUME IN CUI ANNIENTERÒ I TUOI GUARDIANI...
BWAH!
FLASH
FINITA? PULCINO MIO, PERCHÉ PENSI CHE SIA VENUTA A SCEGLIERMI UN VESTITO NUOVO?
FLASH
QUESTO NON È CHE L'INIZIO... IL MIO PADRONE HA MOLTE ALTRE CREATURE IN SERBO, PRONTE A SEMINARE IL CAOS...
VR
A PRESTO, MIEI CARI!
MI OCCUPERÒ DI VOI LA PROSSIMA VOLTA, NON VOGLIO SPORCARE IL MIO VESTITO NUOVO!
DOOAR
BADAA!
BADA...
ORA LA CALMO IO...
CRAC

HOP
ALLORA È FINITA? CARNAGE È STATO SCONFITTO?
LA PROFEZIA DICEVA LA VERITÀ!
È UN MIRACOLO!
SLAP
OUAH! OUAH!
BWAAH!
FORSE HO UNA PISTA...
BADA!
Boutique à la Mode
TA-DAAM
POINT
SÌ, MA...
UN MOMENTO, DOV'È L'ALTRA CREATURA? LA RAGAZZA DI PRIMA...
BADA!
PUOI RIFERIRE A CARNAGE CHE...
I GUARDIANI HANNO SCONFITTO IL LUPO FENON, È FINITA...
BADA-WA!
AH!
NON SIETE ANCORA MORTI?
VOI?
TU...
HA! HA! HA!
HA! HA!

BADA-BWAH?
MI SONO PERSO QUALCOSA?
TAP
HOP
POUF
MA, CHE COSA HAI FATTO?
BADA!
CREDO CHE...
VIUP
ABBIAMO PERSO?
HOP
È FINITA?
HOU! HOUU!
CREDO CHE I GUARDIANI CI ABBIANO SALVATI!

BADA?
FENON
FORZA 100%
RESISTENZA 100%
AGILITÀ 100%
PUFF
PLAF
GRRR
BIP BIP
BIP BZZ
BIP
BADA!
CRAC
BZZ
BZZZ
BWAAH!
0%
KZZHA
GROAR
BWAH!

MAGO KLOAK, PERDONAMI, HO FALLITO...
THUMP
ZING
BADA-WA...
PLOUF
ZAK
BADA...
WAAA!

NON SO COSA TI ABBIA FATTO CARNAGE... MA TU NON SEI QUESTA CREATURA, NON SEI UN MOSTRO!
UN TEMPO, TU VEGLIAVI SULLE PIANURE DI LUMINYS!
ERI UNO DEI NOSTRI PROTETTORI!
WHAAM
GRRR
IO NON... NON TI LASCERÒ PASSARE...
WHAAM
DOM
DEVI PROTEGGERE IL CRISTALLO, NON CONSEGNARLO A CARNAGE!
DEVI RITROVARE LA RAGIONE!
BRRR
PAF
SÌ, CALMATI... LO SO CHE SEI ANCORA LÌ, DA QUALCHE PARTE...

VOLEVO PROTEGGERTI...
SEI PIÙ BELLA ANCHE DEL CRISTALLO...
BADA?
DOOM
GOOD
BOI
CHABADABABADA CHABADABABADA...
TAP TAP
..BADABAAA
VIUP

BADA-WAWA BWAAH!
POFF
BADA-WAWA!
WHAM
WHAM
WHAM
PFSSH!
BOOOM

ATTENTO, LEON! SCANSATI!
SALVATEVI!
LEON!
GRAB
LO TRATTENGO IO, POSSO ANCORA FAR...
SBAM
LEON! NO!
BADAA!

SBAM
BADA! BADA! BADA!
MA CHE COSA...
STOP
BADA?
ATTENTI!

PRR PRR
GRK
SHA
WHAM
DRAAM
POF
CLING
POUSSE
BADA?
BWAAAH!
POING
BABADADA!
THUMPS
STACK
BADA!
BLO
BCH

BADA BADA, BWAH!
EHI, TU!
DOM
LICK
TAP TAP
CI HAI SALVATI! SEI IL MIO EROE!
HU HU HU
SBAM
BADA...
NON È QUESTO IL MOMENTO DI FANTASTICARE!
VUOI DARCI UNA MANO OPPURE NO?
TAP
BWAAAGH!

GROWL
ZUAM
SWISH
WAAA
RA
SWISH
GRAB
BRAOUM
BRAAM
GRAB

SÌ, AVANTI! FALLO FUORI!
GRRR
CE LA PUOI FARE!
AH.
ADESSO! QUESTO È IL MOMEN...
SPLAF
NO!

WHAM!
SHHAA
FUOCO DI FERYA!
BRRR
BWAAAH!
L'HO RIMPICCIOLITO...
ORA TOCCA A VOI!
OUFF

GRAARH!
VRAM
ME L'ERO IMMAGINATO UN PO' MENO IMPONENTE...
GRAB
PUÒ SPAZZARCI VIA CON UNA SOLA ZAMPATA!
POTREI LANCIARE UN INCANTESIMO DI RIDUZIONE, MA POI MI RESTEREBBE POCHIS-SIMA ENERGIA...
NO, NON DEVO ESITARE DAVAN-TI AI GUARDIANI, LORO MI AIU-TERANNO!

DOBBIAMO IMPEDIRGLI DI IM-POSSESSARSI DEL CRISTALLO...
TA DAAN
E SALVARE LUMINYS!

TAP
TAP
NON POSSIAMO FARE NIENTE CONTRO DI LUI!
TAP
È TROPPO FORTE! SCAPPATE!
TAP
PAF
BR
IO DEVO... IO DEVO... IO...
R
R
DEVO PROTEGGERE IL CRISTALLO...
ANCH'IO SONO RIMASTO!
TAP
GRAZIE!
GRAZIE A TUTTI!
TADAAM
SIETE VENUTI!
BADA-BWAH!
AVANTI, KIMPA, FATTI CORAGGIO...
TI SEI ADDESTRATA, HAI LAVORATO SODO, CONOSCI LA MAGIA...

WUB WUB
TANTO IO NON HO BISOGNO DI NESSUNO!
TAP
TAP
FLAP FLAP
BADA... MA CERTO, ANDATEVENE PURE!
TAP
BLL
BLL
SPRFT!
BLL
BLL
KRASH
BRR
BRR
...
BRRRR

TAP
ASCOLTA... PRENDI TUTTO QUELLO CHE TI PARE, NON HA PIÙ IMPORTANZA.
SEGUI LA FOLLA FINO AI SOTTERRANEI, CONDUCONO ALLE GRANDI PIANURE.
E TU CHE FARAI?
HO GIURATO DI PROTEGGERE IL CRISTALLO.
SONO PRONTA A TUTTO.
BADA?
CHE C'È? SMETTETELA DI GUARDARMI COSÌ.
FIIIX
UHM...
BADA...
ABBIAMO PERSO ANCHE TROPPO TEMPO.
TAP
TAP
TAP

QUINDI, SE IL LUPO FENON DEMOLISCE LA TUA CITTÀ, IO NON VERSERÒ NEANCHE UNA LACRIMA...
CAPISCO... MA DIMENTICHI CHE SE IL CRISTALLO CADE NELLE MANI DI CARNAGE...
A SOFFRIRE NON SARANNO SOLO GLI ABITANTI DELLE CITTÀ DELLA LUCE...
GRIP
TSS

QUESTA SITUAZIONE VE LA SIETE CERCATA!
BADA!
SHA
NON FATE ALTRO CHE PRENDERVI TUTTO... OGNI VOLTA E OGNI VOLTA ANCORA...
BRRR
LE NOSTRE VITE, I NOSTRI SOGNI, LA NOSTRA MAGIA...

TAP
IO VI ODIO.
FIUT
MA... CHE COSA TI ABBIAMO FATTO?
CHE COSA MI AVETE FATTO?!
OGGI È CARNAGE, DOMANI SARÀ QUALCUN ALTRO...
TAP
TUTTI VI DETESTANO...
FRO
SH

AH, NO, TI DEVO INTERROMPERE SUBITO!
E DOVE VIVRAI QUANDO CARNAGE E I SUOI MOSTRI AVRANNO DISTRUTTO TUTTO?
QUESTO COMBATTIMENTO È ANCHE IL TUO! TU SEI UN ABITANTE DI LUMINYS...
SÌ! CON QUESTA "BIGIOTTERIA" VIVRÒ SENZA AVERE PIÙ PROBLEMI, PENSA UN PO'!
GRAB
BADA BWAH...
ALLORA A TE INTERESSA SOLO QUESTO... RUBARE DELLA BIGIOTTERIA.
QUELLI COME TE NON POSSONO DARMI NESSUNA LEZIONE...
DA SECOLI SFILATE NEI VOSTRI BEI VESTITI, FATE LA BELLA VITA, SFOGGIATE LE VOSTRE RICCHEZZE... E TUTTO QUESTO PERCHÉ AVETE DALLA VOSTRA LA MAGIA!
MA IL POPOLINO NON HA NIENTE! DOBBIAMO CAVARCELA CON I NOSTRI MEZZI!
SENTI... E VA BENE, NON TI PIACCIAMO, QUESTO LO CAPISCO...
FROSH
NON PIACERMI? AH, NO, HAI CAPITO MALE...
MA PRIMA, NEL CAMPANILE... QUANDO MI HAI TOCCATA... TU...
NIENTE AFFATTO, TE LO SEI SOGNATO.

GRRR
BENE, SE NON TI DISPIACE, RIMANDIAMO LA NOSTRA DISCUSSIONE A PIÙ TARDI...
NON MUOVETEVI... CHE NESSUNO SI MUOVA...
GROOON
OOPS!
GRRRRR
BRAAAM
SCAPPATE! SCAPPATE!
TAP TAP TAP TAP
BADAA!
BADA-BWAH!
TAP TAP TAP
INSOMMA, TI DECIDI O NO?!
TAP
SÌ, NON APPENA LA MIA SACCA MAGICA SARÀ PIENA...
MA CHE FAI?! DOBBIAMO ANDARCENE DALLA TORRE!
FROOSH
NO, DA QUESTA PARTE! SAREMO AL RIPARO!
POSSIAMO USCIRE DA QUA!
GRAB

Capitolo 4
L'attacco di Fenon il lupo

BADA BWAAAH, BAH!
MAMMA? MI HAI FATTO LE FRITTELLE?
SVEGLIATI, IMBECILLE, HO BISOGNO DEL TUO AIUTO!
È ORA DI ANDARE A SCUOLA?
EHM, SÌ... COME DIRE... FORSE PRIMA POTREMMO PROVARE CON LE BUONE MANIERE...
VA BENE, LE BUONE MANIERE RIMANDIAMOLE ALLA PROSSIMA VOLTA!
GRAB
ATTENTI!
WAAA!
EHI! FERMA! COSÌ MI STACCHI LA TESTA!
È QUELLO CHE TI MERITI!
VUOI SVEGLIARTI SÌ O NO?!

FATE PRESTO, DOBBIAMO METTERCI AL RIPARO!
E USCIRE DI QUI ALLA SVELTA!
MORIRE SCHIACCIATI QUI O MORIRE SCHIACCIATI DI FUORI? SOTTOPONGO ANCHE QUESTA SCELTA AL VOTO DEL...
BWAAAH!
CI PENSO IO!
PAF
BEN FATTO.
ZITTA E MOSCA! O TI USO COME SCUDO!
BADA!

Rabbids

LUMINYS QUEST

GRRRR
VENITE AD AMMIRARE IL VOLTO DELLA VOSTRA FINE!

CONOSCO UN SACCO DI GIOCHETTI DIVERTENTI...
CE NE SONO ALCUNI CHE FANNO RIDERE DA MORIRE!
FROSH
E SE COMINCIASSIMO CON IL SALTO DELLA CORDA?
VLAN
BWAAAAH!
BADA-BWAH!
QUANDO AVRÒ FINITO CON VOI, IL CRISTALLO SARÀ NOSTRO...
E A VOI NON RESTERÀ PIÙ NIENTE!
DIAVOLO, SEMBRA CHE QUALCUNO ABBIA FRETTA DI SCENDERE...
AVANTI, SORRIDETE!
CLIC
VI ASPETTO DI SOTTO, IL MIO PADRONE HA CORROTTO UNA CREATURA APPOSITAMENTE PER VOI...
AHAHA

MEMBRI DELL'ALTO CONSIGLIO, ABBIAMO APPENA ASSISTITO A UN MIRACOLO DI...
HEIN ?
MA NO, SUVVIA, ERA BEN POCA COSA...
DOBBIAMO ANCORA COMINCIARE A FARE SUL SERIO...
TODOOOM
DITEMI, VOLETE GIOCARE CON ME?
BOUM
BOBOUM

PAF
CLING
CLIDING
POF
QUELL'IDIOTA FORSE HA VERAMENTE PORTATO QUI I GUARDIANI...
NON SONO... UN IDIOTA...

WHF
BWAAAAH!

O FORSE SIETE I GUARDIA-NI IN CUI TUTTI SPERIAMO...
NON SO PIÙ CHI DICA LA VERITÀ...
FORSE ANCHE VOI SIETE DEGLI IMPOSTORI...
MA ANCHE QUANDO TUTTO SEMBRA PERDUTO, NON DOBBIAMO PERDERE LA SPERANZA...
CHE LA MAGIA DEL CRI-STALLO FACCIA LUCE SULLE VOSTRE VERE INTENZIONI!
BADAAA...
BWAAAH...
SHA
BWAAA-AAAH...
WAAAA...
POF
BWAA-AAH...

WHAAAM
OH!
QUEL-L'ENERGIA...
CRASHSH!
LO PORTO IO!
FIUT
DOBBIAMO USCIRE DI QUI!
BAOUM
DOVE SONO GLI ALTRI?
LI HO VISTI ANDARE VERSO LA SALA DEL CRISTALLO!
TAP
TAP
TAP
TAP
SEGUIMI! DOBBIAMO RAGGIUNGERLI!
PROTEGGEREMO IL CRISTALLO, COSTI QUEL CHE COSTI!

BROOM
SARAI FIERO DI TE! CI HAI FATTO PERDERE DEL TEMPO PREZIOSO!
IO NON VOLEVO... IO...
BWAAH!
LASCIAMI AIUTARE!
VATTENE!
WUUN
NON HO... PIÙ... ENERGIA PER...
NON PUOI FARE NIENTE!
NON SEI ALTRO CHE UN CONTADINO!
CHE COSA VUOI...
PAF

VRUL
VRUL
MA ALLORA... NOI COME FAREMO A...
VRUL
È LA FINE... SE TU NON SEI IL... E VOI NON SIETE I...
MH?
TAP
LA CITTÀ È SOTTO ATTACCO! DOBBIAMO FARVI EVACUARE IMME-DIATAMENTE!
BWAA-AAAH!

CHIEDO ALL'ALTO CONSIGLIO IL DIRITTO DI USARE LA MAGIA PER INTERROGARE QUESTO RAGAZZO...
INUTILE, MI HA GIÀ RACCONTATO TUTTO!
SHA
IO NON HO PROPRIO NIENTE DA DIRE!
VIUP
TU, BESTIONE, DI' A TUTTI CHI SONO IO!
ZAN
DOV'È IL MAGO KLOAK?
IO...
BAM
IO HO GUIDATO I GUARDIANI FIN QUI!
MERITO UNA RICOMPENSA!
IL TUO GESTO È STATO DETTATO SOLO DALL'AVIDITÀ! DOVRESTI VERGOGNARTI!

QUELL'INDIVIDUO NON È IL MAGO KLOAK! È UN IMPOSTORE!
SONO D'ACCORDO CON LEI! MA ANCHE LEI È CATTIVA!
VLAM
CONSIGLIO DEI GRANDI SAGGI, VUOLE SOLO IMBROGLIARVI. HA SOTTRATTO LE VESTI DEL NOSTRO MAGO PER INGANNARVI, È SICURAMENTE AL SERVIZIO DI CARNAGE!
COSA? MA NEANCHE PER SOGNO!
TIC
FIUT
CHE C'È?
BADA...
INSOMMA, COME OSI RIVOLGERTI COSÌ AL TUO MAGO?
PAN PAN PAN PAN
AH... SÌ... CERTO, I MIEI BAFFI... VERAMENTE IO...

MA DEVO AMMETTERE CHE AVETE UN CERTO TALENTO.
VIUP
SÌ, BE', NON ERO POI TANTO MALE NEANCHE PRIMA, INSOMMA...
SOLTANTO I GUARDIANI DELLA PROFEZIA POTEVANO FARE UN MIRACOLO DEL GENERE!
BOF
PARTIVA DECISAMENTE SVANTAGGIATA...
FROSH
TAP
STOP!
VLAM
BENE, BENE, VI LASCIO IL COMPITO DI FARE UNA NUOVA ACCONCIATURA AL LUPO FENON...
IO ME NE VADO ALLA SPA!
FERMI TUTTI!

FLIP
MAGNIFICO! INCREDIBILE!
GUARDATE! SAREMO TESTIMONI DI UN NUOVO PRODIGIO!
BWAH?
OH GUARDIANI DELLA PROFEZIA, PROTETTORI DEI CRISTALLI, SIETE VENUTI A SALVARCI!
AAAAAA-AAA...
BLOP
VIUP
BADAAA-AAA...
VIUP
VIUP
CHE MIRACOLO! SIETE BELLISSIMA!
OH!
FWOOP
BWAAA-AAH!
AH?

SÌ, LO SO, HO CLASSE, VERO?
HO FATTO TUTTO DA SOLO... SONO UN GRANDE MAGO!
UN MIRACOLO DEL GENERE È IMPOSSIBILE, IL RITUALE PER EVOCARE I GUARDIANI È UNA LEGGENDA...
SERVIREBBE UN POTERE ASSOLUTAMENTE INCREDIBILE SOLO PER...
VIUUUM
FIUT
QUINDI ECCOLI QUA, ORA CI SONO QUI LORO E IO, SE NON VI DISPIACE, ORA VI LASCIO ALLE VOSTRE COSE...
WOB WOB
WOB
PLOP
VIUP
SPL
AT
BWAAAH!
GRAB
MAGO KLOAK! AVETE COMPIUTO UN PRODIGIO!
OH, NIENTE DI SPECIALE. UN PO' D'INCENSO, UNA O DUE CANDELE, ED ECCO FATTO!

VIUP VIUP
EHM EHM, UN MOMENTO... VOI VOLETE CHE IO VADA...
ASPETTATE, MA DITE SUL SERIO?
BWAHA-HAHAH!
CHI SONO QUELLE CREATURE?
BADA BA! BADA BA!
CLAP CLAP
CLAP
UNA DOMANDA, SE POSSO PER-METTERMI...
VOI SIETE IL MAGO INCARICATO DI VEGLIARE SU QUESTA CITTÀ, COME POTREBBE ESSERE ALTRIMENTI?
MA IO...
GRAB
SONO I GUARDIANI!
I GUARDIANI DELLA PROFEZIA!
POK POK
SONO... SONO...
AH, MA CERTO!

COMPORTATEVI BENE, NON SALTATE ADDOSSO A NESSUNO, E PER CARITÀ, EVITATE DI...
ECCO, EVITATE DI ESSERE VOI STESSI!
TAP
TAP
TAP
O GRANDE MAGO KLOAK, SIETE IL BENVENUTO IN QUESTA SALA!
FLIP
IL PIACERE È TUTTO MIO, VOSTRA... SERENISSIMA... STIMATISSIMA... ALTEZZA... DI...
LA MAGIA DI CARNAGE HA TRASFORMATO IL NOSTRO CARO LUPO FENON...
LUI CONOSCE I PUNTI DEBOLI DELLA CITTÀ E ORA LA SUA VOLONTÀ È ASSERVITA A QUELLA DELLO STREGONE...
SIETE LA NOSTRA ULTIMA SPERANZA, MAGO.
PURTROPPO, I NOSTRI ORACOLI NON SI SBAGLIANO... LO STREGONE CARNAGE È ALLE PORTE DELLA CITTÀ...
VOI SIETE L'UNICO CHE POSSA RESPINGERE LA SUA CREATURA...
EUH...
LA SUA CREATURA?

CI METTI TUTTI IN PERICOLO!
GNN
PLOPLOP
QUANTE STORIE! CARNAGE È UN MAGO COME TUTTI GLI ALTRI!
HOP, HOP, HOP! PER DI QUA, AMICI MIEI!
TAP
TAP
TI SBAGLI, LUI...
SÌ, VA BENE, NE RIPARLEREMO DOPO CHE AVRÒ INCONTRATO L'ALTO CONSIGLIO!
CI VEDIAMO DOPO, LALALALALA, NON TI SENTO PIÙ.
WHUP
BWAH
GRRR... IO LO DISTRUGGO.
BENE, COSA CI VUOLE? UN INCANTESIMO APRISCATOLE?

CAPISCO... È DA QUESTA PARTE, SEGUIMI...
MA... CHE È SUCCESSO QUI?!
ECCOLO, È LAGGIÙ, VUOLE PROVARE UN MANTELLO NUOVO...
GRANDE MAGO KLOAK?
BAM
PUMF
PAF
MA?!
RAZZA DI IMPOSTORE! FAMMI USCIRE!
NON TI PERMETTERÒ DI ROVINARE TUTTO!
BADA?
BOM
NO! NON HO FATTO TUTTA QUESTA FATICA PER POI FARMI DENUNCIARE DA UNA SACERDOTESSA SMORFIOSA!
SBAM
RESTERAI LÀ DENTRO FINCHÉ L'ALTO CONSIGLIO NON MI DARÀ LA RICOMPENSA!
IDIOTA! SE CARNAGE ARRIVA ALLA CITTÀ, L'ALTO CONSIGLIO SPARIRÀ, E ADDIO ALLA TUA RICOMPENSA!

FWOOM
SENTI, NON ABBIAMO TEMPO PER QUESTE COSE...
DOV'È IL MAGO KLOAK?
STO PER CHIAMARE LE GUARDIE, TI AVVERTO!
POSSO SPIEGARTI TUTTO!
CALMA, CALMA!
MA NO, CHE DICI, VOLEVO SOLO... EHM...
WHAM
SOLTANTO IL MAGO KLOAK PUÒ SALVARCI ORMAI!
ALLORA, PARLA! DOV'È?!
CLING
POSSIAMO CONOSCERCI UN PO', PARLARNE, DISCUTERNE NELLA LINGUA UNIVERSALE DELL'AMORE.
I MOSTRI DI CARNAGE SONO IN MARCIA VERSO LA CITTÀ E TU... CERCHI DI SEDURMI?

EHM... E TU CHI SEI?
CLACK
TOC TOC TOC
SÌ, UN MOMENTO, ARRIVO!
E TU? CHE CI FAI NEGLI APPARTAMENTI DEL MAGO?
MA... SI DÀ IL CASO CHE IL MAGO SIA IO, SAI?
TAP TAP
QUESTO MI SORPRENDEREBBE ALQUANTO!
AH SÌ, E PERCHÉ?
PERCHÉ IL NOSTRO GRANDE MAGO KLOAK NON PORTA I BAFFI SULLA FRONTE.
AH... EHM!
VIUP
NON DISTURBARTI A NEGARE, NON SEI CERTO IL PRIMO IMPOSTORE CHE SI PRESENTA IN CITTÀ.

PENSO CHE MI ABITUERÒ A QUESTA VITA...
BADAAA...
BWAAAH...
PUOF
SE NON VI FATE SBUDELLARE DEL TUTTO, TORNATE A TROVARMI! MI FARÀ PIACERE!
CI RACCONTEREMO QUELLO CHE ABBIAMO FATTO, E TUTTO QUESTO GENERE DI COSE...
GRAB
BADA!
BENE, PERÒ NON FINISCE QUI, DOVETE ANDARE A COMBATTERE CONTRO CARNAGE!
VI PORTERÒ ALL'ALTO CONSIGLIO PRIMA DI TUFFARMI NELLA JACUZZI...
VIUP
?
NON CI CREDO, QUELL'IDIOTA DI LEON È ANCORA LÌ?
TOC
TOC TOC
CHE C'È? AVETE GIÀ DIMENTICATO LA VOSTRA MISSIONE?
VOI SIETE I GUARDIANI DELLA LEGGENDA! È VOSTRO...

BLINK
MA PRIMA...
BADA-BWAH?
ALLORA, AMICI, DOBBIAMO FARE DUE CHIAC-CHIERE...
TCHA
TCHA
TCHA
TCHA

MAGO KLOAK, BENTORNATO A CASA!
CLING
CLING
BADA?
BADA!
È UN SOGNO...
CI SONO... CI SONO RIUSCITO...
SBRAM
POTEVI ANCHE METTE-RE UNA PORTA PIÙ GRANDE A CASA TUA!
NON RIESCO NEANCHE A ENTRARE!
MEGLIO COSÌ, NESSUNO TI HA INVITATO!
SBRAM

E GLI OSPITI DEL MAGO?
BWAAH!
CLING
CLING
È STRANAMENTE IN FORMA PER ESSERE UN MAGO DI 458 ANNI, NON TROVATE?
VENGONO DA LONTANO! NON SONO ABITUATI A STARE IN MEZZO ALLA GENTE?
LASCIATE STARE, ME NE OCCUPO IO!
GRAB
MA CHE CONFUSIONE! E TU NON POTEVI TENERLI D'OCCHIO?
NON SONO MICA LA LORO BALIA!
TAP
TAP
SÌ, BE', MI CHIEDO TU A COSA SERVA...
TU NON MI PIACI. SECONDO ME, TU HAI IN MENTE QUALCOSA DI LOSCO.
TI TENGO D'OCCHIO!
PUWA
FARESTI MEGLIO A SPAZZOLARTI I DENTI!

IL MAGO KLOAK?
NO, NO, CHE DITE?!
ARGH...
O GRANDE MAGO, QUESTI STRANIERI SONO CON VOI?
SÌ, PIÙ O MENO... COME DIRE... INSOMMA...
SBLO
MA NOI NON ABBIAMO FATTO NIENTE.
GH
BLD
FERMATEVI! QUESTI INDIVIDUI SONO SOTTO LA PROTEZIONE DEL NOSTRO MAGO!
RGH
PWOP
SUBITO!
ACCOMPAGNATE IL MAGO KLOAK AL SUO APPARTAMENTO PER RINFRESCARSI! E CONVOCATE L'ALTO CONSIGLIO!
CRR CRR
NON CI CREDO, FUNZIONA... FUNZIONA!
PERDONATEMI, SIAMO IN STATO D'ALLERTA DOPO GLI ATTACCHI SFERRATI ALLE PIANURE CENTRALI...
NON FA NIENTE! CIOÈ, VOLEVO DIRE...
UHM... NON FA NIENTE, VOI CERCATE SOLO DI VEGLIARE SU DI NOI!
AHEM

FWOO
FWOO
TAP TAP TAP
TLANG
STOP
SBAM
PAF
PER PRIMA COSA, CERCA DI NON FARTI NOTARE... CERCA DI NON...
VIUP
È LUI! IL MAGO KLOAK!
È TORNATO!!!

olo 3
del Nord
MA CHE BEL POSTO!
BWAA-AAH...
TAP
TAP
TAP
MA CHE COSA...
BADA BADA... BADA-BWAH!
TAP
TILT
NON HO FATTO CADERE NIENTE!
UNF
BAAA!
GLUSH
WII
WIII
WII
WIII
BADA-BWAH!
de cardignon
BADADA!
SCRIB
Menù
WII

DICHIARATE CHI SIETE, STRANIERI!
SHA
TAP
COME VI CHIAMATE? DA DOVE VENITE?
ZHA
ZHA
TAP
TAP
EHI, AMICI, SPERO CHE VI SIATE FERMATI UN ATTIMO PER ASSAGGIARE QUESTI...
OH, LÀ, LÀ, QUI FANNO DEGLI SPUNTINI CHE SONO UNO SCHIANTO!
TAP
BR
OH!
TAP

TADAAM
MA CERTO, IL CRISTALLO! LA SUA MAGIA È DAPPERTUTTO QUI!
BWAAAAH!

TAP
TAP
TAP
TAP
WAAAAAAH!!
FRUP
BADA! BADA!

Rabbids
LUMINYS QUEST

FZZOT

SIAMO ARRIVATI!

AAAAAA-
AAAH!
VA BENE, HO CAPITO, NON LO FACCIO PIÙ!
FERMATEVI!
VIUSH
VIUSH
TAP
TAP
TAP
TAP
NO! LASCIATEMI!
STOMP
HIIII
NON FATEMI DEL MALE!
VOLEVO MANGIARLA IO LA PRINCIPESSA, SEI UN MALE-DUCATO!
BWAAAH
VOLEVO SOLO PORTAR-VI ALLA CITTÀ DEL NORD!
EHI, MA ASPETTATE...

ANDATE... BADA BADA... PER DILÀ... BADANDATE!
BADA... BA... DA...BADA...
TA-—DAAN!
BWAAAAH!
FIX
NO, CIOÈ, VOLEVO DIRE... A DA?
BADA-BAWA...
PLOP
OOOPS... EHM... IO...
ORA VADO... IO...
IO...
BWAH!
DOM
BADABAWA... CHE C'È NON HO L'ARIA ABBASTANZA DA STUPIDO, PER CASO?

TADAN
È ORA DI CUCINARE!
E VA BENE, PASSIAMO AL PIANO B...
CRAC
VIUP VIUP
BLOB BLOB
BADAAA.
BWAAAH!
FRUSH
FRUP
SHA
FRASH
BAAADAAAAAA!
BADA?
BADA-BWAAAH!

VLAM
CHE FORTUNA! MI AVETE TROVATA!
PRINCIPESSA IN PERICOLO
AIUTO
SONO STATA RAPITA MENTRE TOR-NAVO A CASA NELLA CITTÀ DEL NORD, SARESTE COSÌ GENTILI DA LIBERARMI E ACCOMPAGNARMI?
MAGARI... SUBITO?
BWAH?
GRAT
FIX
OTTIMO, PRIMA SI MANGIA E POI MI ACCOM-PAGNATE!
CRAC
BADA! BWAH!
CI METTO SEMPRE MOLTE SPEZIE, LE PRINCI-PESSE SONO POCO SAPORITE!
CHE COSA FAI?
PREPARO LA MERENDA! SONO UN BRAVO CUOCO!
POF

BOBOM
BOBOM
WAAH
TAP
BADA!
TAP
YUU-HUUU! C'È QUALCUNO? PER CASO C'È QUI QUALCHE EROE BELLO E VALOROSO?
BWAH?
CHOMP
SNIFF
OH, SENTO DEI PASSI EROICI CHE SI AVVICINANO...
DA QUESTA PARTE! SONO QUI!
TAP
TAP
TAP
FLAP

TAP
TAP
MA SÌ, PERCHÉ ASCOLTARMI?
DOPOTUTTO, POSSIAMO GIRONZO-LARE DOVE CI PARE PER I PROSSIMI DIECI VOLUMI...
DETESTO GLI OPEN WORLD...
TAP
COMPAGNI, GUARDATE CHE DOBBIAMO ANDARE LAGGIÙ! IN QUELLA DIREZIONE!
TAP
TAP
CI MANCA SOLO UNA PRINCIPESSA DA SALVARE E...
E...
PER DI PIÙ HO GIÀ TUTTO QUELLO CHE MI SERVE A PORTATA DI MANO!
HU HU HU
MA SÌ, CERTO! HO SBAGLIATO METODO FIN DALL'INIZIO!
DEVO FARE APPEL-LO AL LORO EROISMO!
BWAAH
WOO
BWAH! BAWA!

FIUUU... PER UN ATTIMO HO PENSATO CHE CI AVREBBE SEGUITI...
WHUP
WHUP
FIIIXE
VOGLIO VENIRE. NON ERA UNA DOMANDA.
AH, HO CAPIIIIITO, CEEEERTO...
STRANO, DI SOLITO QUANDO CAMMINO I PIEDI TOCCANO IL SUOLO.
STOP
AH!
CHE STUPIDO SONO STATO, A PENSARE DI AVERE UNA SCELTA...
PAF
BOM BOM
FANTASTICO, C'ERA PROPRIO BISOGNO DI UN ALTRO IDIOTA NEL GRUPPO...
BWAAAAH...

DOOM
VOGLIO VENIRE ANCH'IO!
GRAC
TANTI SALUTI! FAMMI UNO SQUILLO QUAL-CHE VOLTA!
EHM... COME DIRE... NON È POSSIBILE, TU CAPISCE?
BANG
DESOLATO, MA HO GIÀ RIEMPITO LA MIA QUOTA DI BALORDI, NON C'È PIÙ POSTO!
SÌ, LO SO, NON CI SONO TE-LEFONI A LUMINYS! BANG BANG!
BANG

DOBBIAMO ANDARE, ABBIAMO GIÀ PERSO ABBASTANZA TEMPO.
VI RICORDATE? LA CITTÀ È PER DI LÀ!
SHA
BADA BWAH!
TAP
BADAA-AAA!
FLAP FLAP
PERFETTO, IO VI SEGUO SUBITO, VOI ANDATE...
FRUP
PAF
FERMO!
MA CHE...
HÉ
QUESTA È LA VOLTA BUONA.
HÉ HÉ
NON SONO POI COSÌ MALE COME MAGO KLOAK, TUTTO SOMMATO...

COL SUGO, ALLO SPEZZATINO, IN PURÈ...
SEI UNA FATA! A ME PIACCIONO LE FATE!
WIIII
WIIII
BW RAH!
BADA-BWAH!
MI PIACI MOL-TISSIMO. E ANCHE TU. E ANCHE TU. E ANCHE TU...
HOP
PERÒ, HAI FATTO COLPO SU DI LUI...
BL
OP
NO, IN EFFETTI CREDO CHE AVESSE QUELLA FACCIA ANCHE PRIMA...
STOP
GUARDALO...
ASPETTA, VA BENE COSÌ, HA AVUTO QUELLO CHE SI MERITAVA...
MA NON IMPORTA...
URGH

SBAM
GRAT GRAT
ARG
DASH
TILIIIING
BADA?
MA LO SAI CHE SEI BELLISSIMA? IO MI CHIAMO LEON!

MMH?
FSS
KYAAAH!
GRAB
BADA!
TU NON MI HAI UCCISO?
SPLAAT
BADAA-AAA!

FLAP
BWAA AAAH!!!
FLAP
CRAA
FLAP
CRAA
FLAP

DASH
FUGGITE, POVERI SCIOCCHI!
TAP
DAAA
BWAAAH!
VIUP
VIUP
FLUM
VIA
OH NO!
SPAK
SPAK
SPAK
SPAK
BA! BA! BA!

NON MI SONO MAI PIACIUTI I MAGHI!
NO, ASPETTA UN ATTIMO, IO...
MA NO.
EH?
E NON DIMENTICARTI IL BAGAGLIO!
PERCHÉ NON TORNI A OCCUPARTI DELLA TUA CITTÀ?
CLAP CLAP
CLAP CLAP
BWA
FRUP FRUP
SBAM
ALLORA, CHE STAVO DICENDO?
AH SÌ, STAVO PER SCHIACCIARVI!
ROLL
ROLL
ROLL

BASTA COSÌ!
SPAK
SPAK
ADESSO TI SPAPPOLO! SEI UN PICCOLETTO!
PRR
PRR
PRR
BOIN
SPLAF
BLUB
E TU CHI SEI?
SONO IL CUSTODE DELLE FIAMME DEL NORD, COLUI CHE SOFFIA SULLE BRACI DI TUTTA LA MAGIA INTORNO A NOI! SONO LA LUCE DEL FUOCO CHE SI INNALZA AL DI SOPRA DEL...
UN PO' DI RISPETTO! SONO IL GRANDE MAGO KLOAK!
AH! OH! SCUSA TANTO!
HEU
CI HAI CAPITO QUALCOSA, TU?
ECCO! MOSTRA UN PO' DI RISPETTO PER UN MAGO, MOSTRO!
VIUP
MA SÌ, MA SÌ, MA SÌ...

GROOOO
PFFFF... VEDIAMO, CHE FAREBBE QUEL VECCHIO MATTO DI UN MAGO SE FOSSE QUI?
BWAH
TEO, ORA HAI TU IL MIO POTENTE SCETTRO MAGICO... DA UN GRANDE POTERE DERIVANO GRANDI RESPONSABILITÀ, DEVI ESSERE ALL'ALTEZZA DEL TUO DESTINO...
PFFF... SUONEREBBE MOLTO PIÙ CREDIBILE SE NON L'AVESSI VISTO CORRERE IN MUTANDE PER LA FORESTA...
MA È VERO... DEVO PENSARE ALLE COSE IMPORTANTI...
A CIÒ CHE CONTA VERAMENTE IN QUESTO MONDO...
GRAB
LA RICOMPENSA!

SALVARE I GUARDIANI E FARE UNA BUONA AZIONE...
FRISH
O LASCIARLI MORIRE E ANDARMENE PER LA MIA STRADA...
MMH...
NO, PERCHÉ STO ESITANDO? NON C'È UN SECONDO DA PERDERE!
TCH!
VIA! CIAO CIAO, PALLE DI PELO!
TAP TAP
WAAAAH!
TAP
SPLAT
VLIUP
EHI! CALMA! NON VOGLIO FINIRE COME KLOAK ANCHE IO!

VIUF
GRAT
BWAHAHAH AHAHAHAH!
STAVO SOGNANDO DEI BEGLI UNICORNI!
SHAKA
SHAKA SHAKA
GROOO
SDON
NON SONO PER NIENTE CONTENTO!
WAAA-AAA...
WAAABADA-WAAAA...

BOING
BOING
BLL BL
BLL
BWAH!
ZZZZ
BZD
B
BADA-WAAAA!
WAAAA!
CLANG
BA...
BADA...
CLANG
BADA-BWAAAAAH!
CLA
BWAHA-HAHAHAH!

WAAAAA!
BADA?
BLOOANK
BL
BLL
BLL
SB
BWAH!
FIII
FIUUUU
BLOP
BOING
BOING
BL
BLL
BLL
BADA BADA BADA!

FRSH
BADAA...
WAAAA...
CRIII
PRRR
NO! SMETTILA!
NON SI COPRE DI PAILLETTES UN MOSTRO CHE DORME!
CLIIING
VIUP VIUIUP
NO, NO, NO! NON SI BRUCIA IL MONOSOPRAC-CIGLIO DEGLI SCONOSCIUTI!
FERMATEVI SUBITO! FINIRETE PER SVEGLIARLO!
WAAAA BADABWAH!
BADA BADA BWAAAH!
BADA! BADA?
SBLOCH
SBLOCH

PSST PSST
VENITE VIA! PRESTO!
QUELLO È UN CICLOPE!
BWAAAH!
PROUT
BWAAH
BWAAAAH!
BWAHAHAHAH!
NON CI POSSO CREDERE, DEVO PENSARE A QUALCOSA PRIMA CHE LA SITUAZIONE DEGENERI...
BADA
UN MOMENTO...
PERCHÉ HANNO SMESSO?
SNIFF
E PERCHÉ SENTO ODORE DI CARNE ALLA GRIGLIA?
SE NON ALTRO, HANNO SMESSO DI FARE RUMORE...
BWAAHH
DEVE PUR ESSERCI QUALCOSA CHE MI POSSA SERVIRE...
BWAAAAAH

Capitolo 2

Il risveglio del ciclope

FRU
SSH
VI HO VISTI, È INUTILE CHE VI NASCONDIATE...
A CHE VI SERVONO DELLE ORECCHIE COSÌ GROSSE SE POI NON ASCOLTATE MAI?
DOVE SIETE?
DOOM
CRACK
BADABWAH BWAH!
BWAH?
CRISH
BENE, MI CI VORRANNO DEI BAFFI E UN PENDOLO PIÙ GROSSI...

BWA!
GRRR...
EPPURE LA MIA TECNICA È INFALLIBILE, FUNZIONEREBBE ANCHE SU UN FAGIOLO !
MA NON È POSSIBILE!
STOP
UN MOMENTO...
VIUUW
VUUUU
BWAH AH AH!
BWAH!
BWAAH!
URUP
ORA VOI MI SEGUIRETE, SONO STATO CHIARO?!
BWAAH!
BWAAAH!
TORNATE QUI, AMICI MIEI, NON VOLEVO ARRABBIARMI!
SCUSATEMI, È QUESTA FINE DEL MONDO CHE MI STRESSA!
BWAAAH!
CALMATI, TEO, RESPIRA...
HAI BISOGNO DI LORO... DEVI SOLO PORTARLI FINO ALLA CITTÀ DEL NORD, POI SI FARANNO MASSACRARE DA CARNAGE E TU NON LI RIVEDRAI PIÙ...
BWAAAAH!

NESSUNO PUÒ RESISTERE AL MIO NUMERO DELL'IPNOTISTA BAFFUTO!
ORA CONTERÒ FINO A TRE, E VOI MI OBBEDIRETE!
WRAP
UNO!
ROLL
BWAH!
DUE!
ROLL
ROLL
E TRE!
ROLL
ROLL
BWAH BWAH BWAH...
BENE, ORA MI SEGUIRETE SENZA FARE STORIE, FARETE UN BELL'INCHINO DAVANTI ALL'ALTO CONSIGLIO E IO FARÒ LA BELLA VITA!
TAP
TAP
TAP TAP

WRAAR
DOM
BWAAH!
ECCO, DA QUELLA PARTE... VEDETE? NELLA DIREZIONE CHE INDICA IL MIO DITO!
TAP
TU DIRE A TUOI COMPAGNI DI ANDARE PER DI LÀ! PER DI LÀ! TU CAPIRE?
AH, TU, HAI L'ARIA PIÙ MOTIVATA DEGLI ALTRI!
E VA BENE, VOLETE FARE SOLO DI TESTA VOSTRA, E SIA!
NON VOLEVO ARRIVARE A QUESTO PUNTO, MA NON MI LASCIATE ALTRA SCELTA!
BWUHUHUH
AH, NO, EH! ORA BASTA!
BWAAH!
WOOOM!

DASH
DOVE VI PORTO IO CE N'È UNO ENORME! VI PIACERÀ MOLTISSIMO!
BADA?
SÌ, LO SO, VOLETE QUEL CRI-STALLO...
MA APPAR-TIENE ALLA FAMIGLIA REALE, ED È A MOLTE SETTIMANE DI MARCIA!
BWAH!
VIUP
AVANTI... DA QUESTA PARTE... VENITE... LASCIATE CHE VI GUIDI FINO ALLA CITTÀ DEL NORD...
TAP
MAGNIFICO! ECCO, VEDETE CHE ALLA FINE CI CAPIAMO!
TAP
TAP

QUESTO MONDO MERAVIGLIOSO CHE VEDETE INTORNO A VOI È IN PERICOLO.
E VOI, I GUARDIANI DELLA PROFEZIA, SIETE STATI CHIAMATI CON LO SCOPO DI SALVARCI.
ANCHE SE INIZIO A DUBITARNE.
FHUP
FHUP
FLASH
SOLTANTO VOI POTETE AFFRONTARE LO STREGONE CARNAGE E IL SUO ESERCITO DI MOSTRI...
E VA BENE, TENETEVI I COSTUMI, NON È POI COSÌ IMPORTANTE.
BWA!
LA MAGIA DI LUMINYS LI HA RESI VOSTRI.
GRAB
MA SE NON VI DISPIACE, SEGUITEMI FINO ALLA CITTÀ DEL NORD PER INCONTRARE L'ALTO CONSIGLIO.
EH? CHE NE DITE, VI ANDREBBE?
SQUIZ

TSS...
POF POF
SHPLAFF
BADA BADA... BADA BWAH!
OH, BENE, VI SIETE CALMATI?
GRAZIE AL CIELO!
RICOMINCIAMO, CHE NE DITE?
SENTITE, PENSO CHE SIAMO PARTITI COL PIEDE SBAGLIATO.
CLANG
CLANG
CLANG

TU MI SEMBRI PIÙ FURBO DEGLI ALTRI, DEVI ESSERE L'ERUDITO...
TAP
TAP
TAP
TAP
DEVI AIUTARMI A CONVINCERE I TUOI COMPAGNI A...
EHI, TU, PSSST...
VIENI A VEDERE!
SBRCHOL
ADESSO BASTA!
VOGLIO SCENDERE!
ARG
EPPURE IL PIANO ERA SEMPLICE...
IO, LE RICCHEZZE DI KLOAK, VIVERE PLACIDAMENTE PER IL RESTO DEI MIEI GIORNI...
BADA-BWAH!

VA BENE, HO CAPITO... LA MAGIA DI LUMINYS HA DECISO DA CHE PARTE STARE, VA BENE!
WOOM
CRACK
PRRRRR
PRRRRRRR
DZOING DZOING
BWAHH
ADESSO BASTA! IO SONO IL POTENTE MAGO KLOAK!
E VOGLIO I MIEI COSTUMI!
SONO MIEI!
ZHA
SONO LA VOCE DELLA SAGGEZZA E DELLA RAGIONE!
PRR
PRR
BWAH AH AH AH!
AH AH!
VI ODIO.
VIUP

RIDAMMELO, È IL MIO PREFERITO! FINIRAI PER ROVINARLO!
GRAB
DASH
BWAA-AAH!
I MIEI COSTUMI!
CHE COSA CI AVETE FATTO?
CLIING
AAAAAH! I MIEI OCCHI!
CLIING
CLIIING
DOVE SIETE? NON ALLONTANATEVI! SIETE QUA?
BADA BADA...
SBAM
AARG
FLAP
FLAP
AHI!

BLAM
BADA-
BWAAAH!
BADA?
WUUUU

VIUP
VIUP
ATTENTI, FINIRETE PER ROVINARLI!
BWA-AAH!
BWA-AAH!
QUESTO È MIO!
OH, INSOMMA, SARETE ANCHE I GUARDIANI, MA QUESTO NON VI DÀ IL DIRITTO DI FARE TUTTO QUELLO CHE VI PARE, EH?
GRAB
WHOOOOOO
QUESTI MAGHI RIMBAMBITI NON FANNO ALTRO CHE CREARE PROBLEMI!
MALE-DETTO KLOAK!
AH AH!
WHUP
WHUP
AH AH AH!
COME SE NON FOSSERO GIÀ ABBASTANZA STUPIDI... HO LIBERATO I GUARDIANI!
BWAAAA!
BWAA-AAH!
BWAAA-AAAAH!
WHAM

TADAAM
BWABABWAAAH!
WHUP WHUP
BWAH?
CRACK
FRUSH

UH...
DUNQUE... UH...
BWA
BWA
BWA
AAH
SAREBBE PIÙ FACILE SE AVESTE DEI SEGNI DI RICONOSCIMENTO. NESSUNO SI OCCUPA DELLA VOSTRA COMUNICAZIONE? UN ADDETTO STAMPA, MAGARI?
ALLORA, FATEMI INDOVINARE CHI È QUI... "IL MAGO, L'ERUDITO, IL FORZUTO, IL GUARITORE E L'ALTRUISTA", STANDO ALLA PROFEZIA...
WRUP
WRUP
O FORSE QUALCUNO HA TRADOTTO MALE I DIPINTI?
Un momento, metti in discussione la qualità delle mie traduzioni? Vogliamo parlare del tuo costume da pseudo-mago Kloak?
OH, VIA, NON AGITARTI, VOCE FUORI CAMPO, DICEVO PER FARTI UN PIACERE, SAI...
Ehi, genio, faresti meglio a tenere d'occhio il tuo bagaglio, invece di metterti a parlare con una voce fuori campo che non esiste...
EH?
VIUP
EHI!
GASP

UNA VOLTA INCONTRATO L'ALTO CONSIGLIO, VI PROMETTO CHE POTRETE ANDARVENE A FARE LE VOSTRE COSE DA GUARDIANI...
E IO SARÒ RICCO!
SENTITE, HO CAPITO... È BELLO, BRILLA, È MAGICO! MA ASCOLTATEMI, DOVETE DAVVERO SEGUIRMI, NON C'È TEMPO DA PERDERE!
STOP!
TAP
SALVARE IL MONDO! METTERE IN FUGA I CATTIVI! È QUELLO CHE FATE, NO?
TAP
DITE, SIETE DI SANA E ROBUSTA COSTITUZIONE? NO, PERCHÉ QUEL CARNAGE NON SI CHIAMA COSÌ PER CASO, EH...
SCOMMETTO CHE ORA MI VOLTERÒ E NON CI SARANNO PIÙ...
TAP
BWAA-AAAAH!
TAP
DEVO IMPARARE PARLARE IN BWABWA COME LORO...
TAP
BABA-BWAAAAH!

OH, FANTASTICO, AVETE GIÀ PENSATO A TUTTO! È UN'ARMA PER DISTRUGGERE CARNAGE?
AH, UN MEZZO DI TRASPORTO! MOLTO BENE!
QUINDI, ORA VI PORTERÒ ALLA CITTÀ DELLA LUCE A NORD E...
MA INSOMMA, POTRESTE CONCENTRARVI ALMENO DUE SECONDI E ASCOLTARMI?
TILT
BABWA BWAH!
BWAH!
CRR
CRR
TA-DAAM
BWAAAH!
BABWAA-AAAH!
E COME PENSATE DI FAR DECOLLARE QUELL'AFFARE?
DA
AN
OH NO, NO, NO... NON POTETE DISTRUGGERE I CRISTALLI PER FARNE UNA FONTE DI ENERGIA! SIETE QUI PER PROTEGGERLI!
VOI SIETE I GUARDIANI!
AARG
GUARDIANI, VALE A DIRE FATE LA GUARDIA, FATE ATTENZIONE!
PAT PAT

AH... È BELLO, VERO?
KZAA
QUESTI SONO I CRISTALLI DI LUCE, LA FONTE PRINCIPALE DI ENERGIA MAGICA DI LUMINYS!
MA VOI SAPRETE GIÀ TUTTO QUESTO, SIETE I GUARDIANI DELLA PROFEZIA DOPOTUTTO!

POI POTRETE PARTIRE PER AFFRONTARE LO STREGONE CARNAGE E TOGLIERLO DI MEZZO, E POI TORNERETE IN QUEL COSO... O... IN CIELO...
VI SCORTERÒ FINO ALL'ALTO CONSIGLIO PER INTASCARE LA RICOMPENSA... CIOÈ, VOLEVO DIRE... PER ASSICURARMI LA LORO RICONOSCENZA... NO, CIOÈ... PER PRESENTARVI...
BWAH!
BWAAH!
EHM... OH, INSOMMA, GUARDIANI LEGGENDARI, MI STATE ASCOLTANDO?
CLING
FLIP
CLIING
BWAAAH!
CLIING

TADAAAAM
PERMETTETEMI DI PRESENTARMI, SONO IL GRANDE MAGO KLOAK!
BENVENUTI A VOI, GUARDIANI DELLA LEGGENDA!
FROSH
SOAP
FLIP
FLIP
BWAAH!

TEO, CI SONO CIRCA UN MILIONE DI RAGIONI PER NON FARE QUELLO CHE STAI PER FARE...
DEVI AGIRE COME UN ADULTO RESPONSABILE E NON...
KLOAK
NON FARE...
CLIIING
NON FARE...
GLOUPS
HU HU HU HU HU
GROOOO!

VOOOLO!
¡IO VOLO! VOLO! SONO UNA FARFALLA!
FLAP
FLAP
STRAP
BWAAH!!!
STOMP
BWAAHH!
...
FIX
BOING
VOOOLO!
CAVOLO! HA PRESO UNA BELLA BOTTA IN TESTA!
BOING
BOING

MA È...
FROSH
...È MORTO?
I... I GUARDIANI DELLA LEG-GENDA...
HANNO SCHIACCIATO IL MAGO KLOAK!
KRRR R
FWHUP
CIRP
CIRP
CIRP
HOP
BWAAH!
BWAAH!
WHUP
FLIP

WHIIIOOO
PFIOU...
PENSAVO PROPRIO DI RIMANERCI SECCO...
SPLAT
BWAAAA!
SBONK
BABAWAAH!

MA... CHE SUCCEDE?
WHAAAA
È...
È...
?
FSSS
SSS
KRAM
CRAC
CLAC
TLONK
FWOP
KYAAAH!!
CLONG

I GUARDIANI DELLA PROFEZIA, NIENTEMENO...
BAH, QUESTI MAGHI SI BEVONO DI TUTTO...
FORZA, ALLA QUARTA STROFA MI PRENDO LO SCETTRO!
CHOMP
CHE LA MAGIA DEI...
LUMINYS È UN PERICOLO...
FZZZT
I GUARDIANI HANNO UDITO IL MIO APPELLO!
FZZZT
HA HA HA HA HA
NON CI CREDO! QUEL VECCHIO BACUCCO C'È RIUSCITO!
LUMINYS È SALVA!

DOV'ERO RIMASTO?
AH SI!
BENE, ASPETTO CHE SIA IMPEGNATO E GLI SGRAFFIGNO LO SCETTRO...
DOVREBBE FRUTTARMI UN BEL GRUZZOLO!
VIA! SCIO'!
RISPONDETE AL MIO RICHIAMO, GUARDIANI DELLA PROFEZIA!
VI CHIAMO A COMPIERE IL VOSTRO DESTINO!

MA IO NON VOGLIO UN AUTOGRAFO. MI SONO PERSO E VOGLIO SOLO CHE MI INDICHIATE LA STRADA!
A CHE NOME L'AUTOGRAFO?
CHOMP
MA GUARDA QUELL'IMBECILLE...
TAP TAP
BERK
L'UNICA COSA CHE QUEL VECCHIO OTTERRÀ COL SUO RITUALE È PRENDERSI UNA BELLA INSOLAZIONE...

Guardiani leggendari, che Luminys invoca con tutte le sue forze nelle ore più buie...
Tutti gli abitanti di questo mondo hanno sentito parlare degli eroi della profezia dei Cristalli.
Il mago, l'erudito, il forzuto, il guaritore e l'altruista.
È scritto nella pietra...
"Cinque guardiani dalle qualità esemplari si ergeranno a fronteggiare i nemici di Luminys,
Venuti da un luogo senza nome, si completeranno a vicenda e diverranno cosa sola."
...e la sopravvivenza di ogni forma di magia.
Dall'esito della loro missione dipenderà il futuro del mondo intero...
AH, PERFETTO, PROPRIO QUELLO CHE CI VOLEVA!
Ma c'è qualcosa da sapere su di loro che i sacri dipinti non nominano. Vale a dire...
SHRAC

Ma un tale potere può far vacillare molte convinzioni e certezze...
...e il cuore di un mago non fa eccezione...
Né gli altri maghi, né le creature fantastiche che popolavano quelle terre si aspettavano che uno di loro tradisse il giuramento...
...e la fonte del potere...
Ma non crediate che il destino di Luminys sia ormai segnato.
Anime che compiono il loro destino...
...e le cui azioni faranno pendere la bilancia da un lato o dall'altro...
Fintanto che almeno una scintilla di energia sopravvive, nessun fato è scritto...
Ma solo scelte.

Benvenuti a Luminys.
Per proteggere le fondamenta di un potere così grande, furono scelti dodici maghi di straordinaria capacità, per vegliare sui cristalli nel cuore delle Città della Luce.

Capitolo 1
Gli eroi della profezia

Rabbids

LUMINYS QUEST

SOMMARIO

Rabbids
LUMINYS QUEST